同文書庫·廈門文獻系列 第三輯 玖

菽莊叢刻（外二種）

林爾嘉·编

厦门大学出版社
XIAMEN UNIVERSITY PRESS
国家一级出版社
全国百佳图书出版单位

图书在版编目(CIP)数据

菽庄丛刻:外二种/林尔嘉编.—厦门:厦门大学出版社,2018.9
(同文书库.厦门文献系列.第三辑)
ISBN 978-7-5615-6984-9

Ⅰ.①菽… Ⅱ.①林… Ⅲ.①诗词—作品集—中国—民国 Ⅳ.①I226

中国版本图书馆 CIP 数据核字(2018)第 196560 号

出 版 人 郑文礼
责任编辑 薛鹏志 章木良
封面设计 李嘉彬
技术编辑 朱 楷

出版发行 厦门大学出版社
社 址 厦门市软件园二期望海路 39 号
邮政编码 361008
总 编 办 0592-2182177 0592-2181406(传真)
营销中心 0592-2184458 0592-2181365
网 址 http://www.xmupress.com
邮 箱 xmupress@126.com
印 刷 厦门集大印刷厂

开本 787 mm×1 092 mm 1/16
印张 18
插页 4
字数 260 千字
版次 2018 年 9 月第 1 版
印次 2018 年 9 月第 1 次印刷
定价 200.00 元

厦门大学出版社
微信二维码

厦门大学出版社
微博二维码

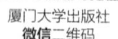

總　編：
中共厦門市委宣傳部
厦門市社會科學界聯合會
執行編輯：
厦門市社會科學院

『同文書庫・厦門文獻系列』編輯委員會

顧　問：
葉重耕
編　委：
何瑞福　周　旻　洪卜仁　何丙仲　洪峻峰　謝　泳　鈔曉鴻　陳　峰　李　楨　李文泰
主　編：
何瑞福
副主編：
洪峻峰　李　楨

林尔嘉（一八七四—一九五一），字菽庄、叔臧，原名陈石子，是厦门抗英名将陈胜元五子陈宗美的嫡出长子。
六岁时过继给台湾板桥林家。甲午战争后，清政府战败被迫签订《马关条约》，将台湾割让给日本，身为台
湾富商的林维源，五十七岁正值英年，毅然放弃庞大家产，率眷属内渡，二十一岁的林尔嘉追随其
父定居厦门鼓浪屿。林尔嘉仿台北板桥林家，在鼓浪屿建菽庄花园。他担任鼓浪屿公共租界工部
局华人董事十四年，为鼓岛居民争得合法权利。他担任厦门总商会会长、厦门市政会会长，为厦门第一次城
市改造建设贡献很大。土地买卖、华侨交易、安装电灯电话等出力甚多。菽庄吟社及杂志在人文刻画影响巨大。丙申春月 周旻

·林爾嘉（國畫　周旻作）

目錄

前言

《菽莊叢刻（外二種）》收録菽莊吟社刊印詩文選輯三種。《菽莊叢刻》，封面和扉頁題名《菽莊叢刻八種》，書口題名《菽莊叢刻》，林爾嘉選編，上海聚珍館一九四〇年夏五排印。含八種：《虞美人詩》《黄牡丹詩》《七夕四詠》《閏七夕乞巧詩》《帆影詞》《三九雅集詩》《鷺江泛月賦》《小蘭亭三修禊序》，是菽莊吟社八次大規模徵詩徵文活動（徵詩五、徵詞一、徵賦一、徵序一）獲獎作品的精選合刊。『外二種』為：《菽莊三九雅集詩録》，林爾嘉輯，華洋印務書館一九二二年代印；《菽莊夢中得句唱和集》，林爾嘉等撰，華洋印務書館一九二二年八月代印。此三種均為菽莊吟社多次徵詩徵文所得稿件的選編。

一

林爾嘉（一八七五—一九五一），字叔臧，又字菽莊，幼字眉壽；號尊生，別署慈衛、守中道人，晚年自號百忍老人。臺灣淡水人，臺灣望族巨富、板橋林家林維源（一八四〇—一九〇五）之子。甲午戰後，清廷割讓臺灣，林家與臺灣紳民奮起抵抗，然回天無力，於一八九五年六月舉家内渡，先返原籍龍溪，旋在厦門鼓浪嶼置宅定居。一九〇五年繼承父業，執掌林氏府，投身實業和公益事業。一九一三年十月在鼓浪嶼建成菽莊花園；同時創立菽莊吟社，開東閣招攬文士詩客，提倡『晉安風雅』。因積勞成疾，於一九二四年出國養疴。一九三〇年歸國，一九三三年卜築廬山，一九三九年起寓居上海。抗戰勝利後臺灣光復，他於一九四八年冬挈眷重返臺灣定居。一九五一年十一月在臺北病逝。著有《林菽莊先生詩稿》，係其後人委託菽莊吟侶沈驥整理編輯，林氏家屬於一九七三年十月在臺北刊印；已收入『同文書庫・廈門文獻系列』第一輯，廈門大學出版社二〇一六年影印版。

菽莊吟社是林爾嘉在廈門鼓浪嶼創立的，以乙未割臺內渡、寄居閩南的臺灣流寓文人為主導的愛國文學社團。從一九一三年創建起至二十世紀四十年代末林爾嘉之子林希莊組織吟侶雅集和修禊活動止，吟社存在的時間長達三十多年，吟侶發展到近二千人，先後三十多次向海內外徵詩鐘大唱、徵詩詞賦文，刊印『菽莊叢書』六種、徵詩徵文作品選輯和林爾嘉壽辰及結婚紀念詩文集等數十種。菽莊吟社的成立和發展，是民國年間福建文壇盛舉。它在清季民國宋詩派『同光體』佔主導地位的福建詩壇割據而立，別樹一幟，形成以『宗唐』為主旨、以廈門為地域中心的菽莊詩盟，同以『宗宋』為主旨、以福州為地域中心的『同光體』閩派遙相對峙，並行發展，在中國近代傳統詩史上佔有重要地位。

二

《菽莊叢刻八種》是菽莊吟社八次大規模徵詩徵文活動獲獎作品選本的精選結集。牌記鐫『庚辰夏五排印』，卷前有菽莊主人林爾嘉序。林序對《菽莊叢刻八種》的來龍去脈以及編印的目的和意義，做了簡要說明：『菽莊自結社以來，凡徵詩五，徵詞一，徵賦一，徵序一。亦既錄其鴻篇鉅製，先後刊印寄贈諸作者。一時海內文人學士，寓書索贈，殆無虛日，因之分餉略盡。茲綜八種重付剞劂，命曰《菽莊叢刻》，蓋欲假旗鼓以張吾軍也。』（林爾嘉編《菽莊叢刻八種》，上海聚珍館一九四〇年版，第三頁）序署『辛未春日』，可見，是書在辛未（一九三一）春之前就開始編選。

由林序可知，菽莊吟社的八次徵詩徵文都輯錄其鴻篇鉅製刊印，此次擬將八種單行本合編重刊，目的在於『假旗鼓以張吾軍』，壯大吟社的聲勢。然而，後來並未完全按照原先的設想進行，不是將八種單行本合編重印，而是對原有選本再次篩選。

《菽莊叢刻八種》第一種《虞美人詩》，來源詩集為一九一六年刊印之《虞美人詩錄》。這是菽莊吟社第一次徵詩活動的作品精選。卷前有『菽莊主人林爾嘉識』，作於丙辰（一九一六）上元日，寫道：『歲癸丑，小園既成，里中朋好約脩吟集，於是有菽莊鐘社之舉，吟詠無間，二年於茲矣。乙卯秋日，偶拈虞美人排律，廣徵海內佳什。』卷後附前一百二十名獲獎者名錄（含地址）及贈品說明。此次徵詩，時在乙卯（一九一五）秋日，題為：虞美人，七言排律二十韻。計收應徵稿一千七百〇四件，第一名贈品為書券銀一百二十圓。詩錄僅選前十名詩刊印。收入《菽莊叢刻八種》時，所刊十首全收，卷前『菽莊主人林爾嘉識』移至卷後。

第二種《黃牡丹詩》，據一九一七年刊印之《黃牡丹菊詩錄》選錄。『黃牡丹』係菊花之佳品，為菽莊主人所喜愛。詩錄卷前『菽莊主人林爾嘉識』寫道：『余性愛菊，小園蓺菊數千盆，廣羅殊種。有黃牡丹來自美國，花大徑尺，其種特佳。年年秋日招客觴詠於此，謂對此名花不可無佳什以張之。迺拈是題，徧徵吟詠。』菽莊吟社於丙辰（一九一六）秋日以『黃牡丹菊』（七律四首）為題，徵詩於海內，獲應徵稿一千一百一十六件。此書為前二十名獲獎作品的結集，每名四首，計收錄八十首。卷前『菽莊主人林爾嘉識』作於丁巳（一九一七）端陽節，卷後附錄前一百四十名獲獎者名錄（含寓名、地址）及贈品說明。《菽莊叢刻八種》僅收前二十名中的七人作品，計二十八首。

第三種《七夕四詠》、第四種《閏七夕乞巧詩》，來源詩集為一九一九年刊印之《菽莊吟社七夕四詠・閏七夕迴文合選》。此書含《菽莊吟社七夕四詠詩錄》和《閏七夕乞巧迴文詩錄》二種，是當年菽莊吟社兩次徵詩的合選。卷前『菽莊主人林爾嘉識』寫道：『己未七月，余歸自東，爰集同人重脩社事，既以七夕四題徧徵吟詠。越閏月七夕，復有乞巧迴文之徵，海內外投稿逾四千首。謄寫既竣，廼與社侶循環雒誦，得詩四百首，錄其前列，竝七夕四詠，付之排印。璧合珠聯，後先輝映，洵足以酬茲令節已。』兩次徵詩，前次為詠『洗車、填橋、穿針、停梭』七絕四首，後次限『迴文七絕』；分別評出一百五十名和四百名予以獎賞。《菽莊吟社七夕四詠詩錄》收前二十名作品七絕五十三首，其中前十名各收四詠四首，後十名則選一二題詠詩。《閏七夕乞巧迴文詩錄》選收前二十名作品，計二十四首。卷後均附獲獎者名錄及贈品說明。《菽莊叢刻八種》第三種所收為前二十名中的六人作品，共二十四首；第四種則選前二十名中的十五人作品，計十八首。

第六種《三九雅集詩》，係一九二二年刊印《菽莊三九雅集詩錄》的精選。辛酉（一九二一）九月九日重陽節是菽莊落成第九年紀念日，林爾嘉舉辦『三九雅集』，『集吟侶賞佳節，為三九之會，觴詠於菽莊藏海園』（《菽莊三九雅集徵詩啟》）。菽莊吟社以此雅集為本事典實，發佈徵詩啟事，徵海內吟壇詩作。此次徵詩共得七言古體詩一千三百餘首，評選出四百三十五名優勝者，分甲、乙、丙、丁四等予以獎賞。《菽莊三九雅集詩錄》為甲選二十七名詩作的結集，華洋印務書館代印，卷後附『詩榜』，列出作者名錄，並說明贈品。卷前有作於壬戌（一九二二年）端午之『菽莊主人林爾嘉識』和《菽莊三九雅集徵詩啟》。林爾嘉題識稱：『爾嘉與諸社侶循環披誦，自春徂夏，隋珠楚璧，美不勝收。爰編甲乙，略分次第，並以甲選諸作付諸排印，以賡續墨緣。』可見此次應徵詩之精美。《菽莊叢刻八種》第六種選收甲選中的九人詩九首，僅為單行本詩錄的三分之一。今將單行本《菽莊三九雅集詩錄》一併收入，作為『外二種』之一種，藉此以窺菽莊吟社大規模徵詩結集單行本之一斑。

第七種《鷺江泛月賦》，係一九二四年刊印《壬戌七月既望鷺江泛月賦選》的精選。壬戌（一九二二）七月既望（農曆七月十六日），菽莊之壬秋閣落成，菽莊主人招賓客舉行落成儀式，宴集賞月，並泛舟鷺江。事後，林爾嘉以此事為題發起徵賦。時在厦門的陳福錕在所作《壬戌七月既望鷺江泛月賦》小序中記其典實曰：壬秋閣建成，『適值壬戌望日，主人云：此東坡前遊赤壁日也。命其宗人瑞亭繪刻東坡肖像嵌石於閣壁，乃召眾賓置酒以落之。是日久雨新霽，酒興正酣，夕陽漸匿，新月初上。遠視山光若新沐，潮聲激石，如鳴夕鐘。主人笑曰：蘇子赤壁之遊，正此年此日也，所誤者以黃州之地指為烏林；今夕之月，當不減當年，所謂「今月曾經照古人」非耶。遂與客泛舟江上。遊歸，而主人自述其事，遍徵諸作者』（《壬戌七月既望鷺江泛月賦選》，一九二四年刊印，第六頁）。徵賦來稿宏篇鉅製，滿目琳琅，吟社組織評選，共評選出三百名，分甲、乙、丙、丁四等予以獎賞，並將甲選二十名作品計賦二十篇編成《壬戌七月既望鷺江泛月賦選》，由華洋印務書館代印，卷後附獲獎名錄及獎品說明。《菽莊叢刻八種》第七種從中選錄八人作品，計賦八篇，原書卷前『菽莊主人林爾嘉識』一篇未收。

第八種《小蘭亭三修禊序》，係從一九二八年刊印本《菽莊小蘭亭徵文錄》選錄。這是甲子年（一九二四）菽莊吟社舉辦的一次以菽莊小蘭亭落成和三次修禊事為背景的徵序文活動的作品選。現存當年的徵文啟事，對此次徵文活動的來龍去脈寫得很清楚，茲照錄如下：

菽莊徵文題目：甲子三月菽莊小蘭亭三修禊序

亭在菽莊補山園之蘆溆止水閘上，海潮經此，入浣花溝，過小板橋，抵聽潮樓下。右有茂林，自補山園北迤邐達於藏海園之南，前有修竹一帶；憑欄四望，則南太武、日光巖諸峰環繞左右。菽莊經始癸丑，於乙卯三月三日爰修禊事，年年賡續，於今十年。亭作於甲子陬月，以三月三日竣工。是日主人集社侶修禊其中，到者二十一人，即席拈右軍蘭亭序中字分韻，賦詩如其數。主人以浹旬陰雨，土木已竣而丹艧未加，因與客約為十日一飲，於月之十三日、二十三日，仍集小蘭亭，作再三修禊，流連觴詠，亦古人愛惜光景、及時行樂之意也。十三日到者二十五人，二十三日到者三十八人，各有詩。爰註崖略，以備文壇諸君子一覽焉。

此次徵文，作者姓名里居敬請明填。如工各體書法者並請自書，或另署書者姓名亦可。紙式以英尺直一尺二寸、橫一尺六寸為度，紙張多少視文之長短，字之多少不拘也。本社收到後即彙褙成帙，以為紀念，恕不評定甲乙文字之佳者。經本社摹印成集，當即酌定贈品，從優奉贈。投文期間以甲子年底為止。

菽莊吟社謹啟

此徵文啟事係系據原件照片抄錄，徵文選集《菽莊小蘭亭徵文錄》未載，《菽莊叢刻八種》亦未載。此次徵文，後來還是評定甲乙等級。前三十名之文輯為《菽莊小蘭亭徵文錄》（一九二八）刊印，《菽莊叢刻八種》第八種選收其中前十名之序文。

這裏着重介紹第五種《帆影詞》，因其來源詩集單行本罕見，而徵稿活動的來龍去脈亦模糊不清。

第五種《帆影詞》係庚申年（一九二〇）徵詞『帆影（氐州第一）』的精選。此次徵詞曾出版詞選單行本，但頗稀見，黃乃江著《東南壇坫第一家——菽莊吟社研究》一書未介紹。其第六章第二節寫道：『從林爾嘉所作《庚申（一九二〇年）菽莊詠菊八首》、《菽莊叢刻八種·序》等可知，菽莊吟社庚申（一九二〇年）所徵「氐州第一·帆影」（詞），曾由林爾嘉輯錄並出版過單行本，惜筆者找遍閩臺兩地而未得，只能暫付闕如。』（黃乃江著《東南壇坫第一家——菽莊吟社研究》，武漢出版社二〇一一年版，第三八六頁）

這一稀見難覓的《帆影詞》單行本，我恰有私藏本。書名為《碧山詞社帆影詞錄》，鉛印本，線裝一冊，筒子頁，十四頁二十八面，七行二十一字。封面書名係林爾嘉題耑，署『菽莊主人題簽』，無序跋，無版權頁，亦無刊印者和刊印日期。共錄徵詞甲選詞二十首，詞題均為『帆影（氐州第一）』。卷後附甲選二十名、乙選四十名、丙選二百名之名錄及居地（多寓名），以及獎項說明：『甲選二十名，前十名各贈書券銀八元，後十名各贈書券銀六元，乙選四十名各贈書券銀四元，丙選二百名各贈書券銀一元。以上贈品希將勘合，寄至福建廈門鼓浪嶼菽莊詩社支領。以外七百餘名，各贈詞錄一冊。原卷恕不奉還。』

書名『碧山詞社帆影詞錄』顯示，此次『帆影』徵詞歸屬於碧山詞社。碧山詞社於庚申（一九二〇）花朝（舊曆二月十五日，新曆四月三日）在鼓浪嶼菽莊結社，參加者多為菽莊吟社的骨幹社員，可以說是菽莊吟社的分支組織。詞社結社時以『氏州第一・帆影』為第一次社課題目，並以同題同調對外徵詞。結社後，林爾嘉即在報上發佈徵詞啟事。《臺灣日日新報》一九二〇年四月十日第六版刊有一則《菽莊主人啟》：『庚申仲春，舍弟爾皋，久客歸來，有碧山詞社之舉，花朝集社侶於菽莊之藏海園。倚聲既竟，爰拈題徵求海內詞壇，賡續韻事，臨風延跂，無吝珠玉。碧山詞社詞題：帆影，調寄氏州第一，限至舊曆四月底截收。擬定次第，分為甲乙丙三等，書券銀臨時酌贈。卷交厦門鼓浪嶼菽莊吟社。投卷時希自書姓名住址，卷尾騎縫處，填寫勘合，蓋用小戳，支取贈品，以勘合為憑。』（轉引自余美玲著《日治時期臺灣遺民詩的多重視野》，文津出版社二〇〇八年版，第二五八頁）『舍弟爾皋』即林爾嘉堂弟林鶴壽（字兵爪），其時剛從臺灣內渡厦門。目前關於碧山詞社的創設者和徵詞的舉辦者有不同說法（參見黃乃江著《東南壇坫第一家——菽莊吟社研究》，第三九一—三九三頁；余美玲著《日治時期臺灣遺民詩的多重視野》第二五八頁），從徵詞啟事可知，碧山詞社係林鶴壽發起，而徵詞活動由碧山詞社發起，以詞社的名義舉辦。但是，碧山詞社的活動依附於菽莊吟社，徵詞啟事以林爾嘉名義發佈，應徵稿交吟社，獎品由吟社支付，詞錄編入《菽莊叢刻八種》並在首頁署『龍溪林爾嘉選』，可見此次徵詞活動由菽莊吟社具體操作。

據詞錄卷後所附名錄及獎項說明，此次徵詞共收到應徵稿計一千餘件。其中甲選二十名為：乙酉生（揚州）、多壽齋（福州）、陳靈籟（蘇州）、棠湖小隱（揚州）、王睫盦（揚州）、捫蝨（揚州）、揚州賸鶴（揚州）、周君簡（湖北）、醉尉（揚州）、棠湖小隱（揚州）、捫蝨（揚州）、夢夢者（厦門）、曼陀室主（揚州）、史匠（揚州）、謝蓉昌（北京）、王履青（揚州）、縮郿（廣東）、曾經滄海客（揚州）、夢秋吟榭（泉州）、居學遲（江蘇）。其中棠湖小隱、捫蝨之名二見，是為各二首獲選，其餘則各一首，此二十首均為詞錄所收。《菽莊叢刻八種》全收甲選詞二十首，作者未註所居地，而卷後所附名錄等則未收。

從卷末所附獲獎名錄看，揚州籍作者最多，甲選十二名，佔據多數，乙選九名，丙選二十五名。其實，在其他幾次徵詩徵文中，也多如此。揚州人氏杜召棠在《惜餘春軼事》中記載：『清末「菽莊」告成，廣事徵詩，酬甚豐。惜餘春社友紛然投稿，揭曉後，皆入選，且多列前茅。菽莊大驚，以為惜餘春人才之盛，甲於全國，乃專使來揚以訪。』（杜召棠著《惜餘春軼事·揚州訪舊錄》，廣陵書社二〇〇五年版，第二〇頁）惜餘春是民國年間揚州一簡陋茶坊酒肆，店主高乃超為人豪俠，喜吟詠，廣交文士墨客，此店遂成為當地詩人麇集之所，揚州著名詩社冶春後社亦常在此聚會。高氏係閩人，頗關注閩詩傳統和閩地詩事，因其引進倡揚，福建盛行之『詩鐘』也在揚州傳播，也因其關係，揚州詩人特別關注閩南菽莊吟社的徵詩徵文活動，惜餘春同人、冶春後社社友紛紛投稿應徵。但菽莊徵詩來稿多用寓名，作者身份大多難以稽考。有研究者曾對此次徵詞的揚州作者略作考辨，寫道：『民國九年（一九二〇），在「氏州第一·帆影」為題徵詞中有棠湖小隱、揚州騰【賸】鶴、夢夢者等人參與。棠湖小隱疑為趙心培，因為趙心培世居江都邵伯，邵伯又稱棠湖；揚州騰【賸】鶴疑為張鶴第；夢夢者疑為孔劍秋，因為光緒二十六年（一九〇〇），孔劍秋撰《夢夢傳》。』（羅加嶺《南北兩詩社　民國一奇葩——冶春後社與菽莊吟社》，載《揚州日報》二〇一三年十二月二十六日）其實，其中寓名『夢夢者』居地為厦門本地，如果查到單行本《碧山詞社帆影詞錄》，看到附錄所載名錄及居地，當不致誤為揚州人氏。

經查，甲選寓名「夢夢者（厦門）」與「夢秋吟榭（泉州）」均為碧山詞社成員吳鐘善。吳鐘善（一八七九—一九三五），字元甫，號頑陀，又號桐南居士，室名守硯菴。福建晉江人，係狀元吳魯之子。清光緒二十九年癸卯（一九〇三）應經濟特科試，中二甲第五名。宣統三年（一九一一）隨父告歸返里。一九一八年應友人之聘，偕子吳普霖東渡臺灣，後在林爾嘉堂弟林鶴壽家中授讀，與林鶴壽等在臺北板橋林氏別墅結寄鴻吟社，年末隨林鶴壽內渡，暫居厦門。一九二〇年碧山詞社成立，吳鐘善參與其事。是故，其寓名「夢夢者」居地寫為厦門，而「夢秋吟榭」則寫原籍泉州。著有《守硯菴文集》《守硯菴詩稿》《荷華生詞》等。其《荷華生詞》卷下收錄《氐州第一・帆影（碧山詞社徵詞）》六首，並附其子吳普霖所作二首，集句二首。「夢夢者」詞即為其五，「夢秋吟榭」詞為其三。（見《荷華生詞》卷下第一一—一五頁，吳鐘善著《〈守硯菴詩稿〉〈荷華生詞〉合刻》，晉江吳氏桐南書屋藏版，菲律賓一九四一年刊印）

三

《菽莊叢刻八種》的編印及菽莊吟社舉辦的大規模徵稿活動，仿效了元初遺民詩社月泉吟社舊例，繼承了月泉吟社的傳統。林爾嘉在序中稱：「昔宋元之際，浦陽吳氏月泉吟社，以田園雜興徵詩，得若干首，屬方、謝諸公甄錄成集，鏤版行世。逮清乾隆時編入《四庫全書》，而月泉吟社之名可與諸作者並傳千古矣。夫奇文欣賞，古今所同。將來文治昌明，重纂四部必有明令徵求私家藏帙，例以月泉吟社，

斯編倘亦在所不遺乎。』（林爾嘉編《菽莊叢刻八種》，第三頁）

林爾嘉序指出編印此書的意義在於使吟社藉作者和作品的流傳而並傳千古，又特別引據月泉吟社的徵詩和刊詩之例，表明《菽莊叢刻》以及吟社活動對月泉吟社舊例的仿效。叢刻刊後，主持其事的沈琇瑩在《〈菽莊叢刻八種〉告成紀之以詩》（二首）中亦坦言對月泉吟社傳統的繼承。其一云：『月泉韻事續前朝，文選名家例廣蕭。煞費江郎重校字，聚珍版勝手民雕。』（沈琇瑩著《寄傲山館詞稿·壺天吟》，厦門大學出版社二〇一六年版，第四五七頁）『江郎』即沈氏弟子江煦，負責叢刻等菽莊吟社出版物的校對。

月泉吟社是元初規模最大的遺民詩社，浙人吳渭在南宋滅亡十年後創立，延謝翱、方鳳等著名遺民詩人入社主持。同年，月泉吟社舉辦規模盛大的徵詩活動，以『春日田園雜興』為題，限五、七言律體四韻。共收應徵詩二千七百多卷，由方鳳、謝翱、吳思齊評其甲乙，選出二百八十名揭榜，並依名次獎賞；又將前六十名詩作及部分摘句編為《月泉吟社詩》一書付梓行世。此書後被編入《四庫全書》，而月泉吟社亦因此書的流傳而聲名大振，並產生深遠影響。

菽莊吟社是以乙未割臺內渡、寄居閩南的臺灣流寓文人為主導的詩社，內渡詩人多以『遺民』自居。林爾嘉詩云：『無多白社新詞客，半是東瀛舊棄民。』（《壬戌，菽莊感事，柬耐公樞南杏泉乃賡》，林爾嘉著《林菽莊先生詩稿》，臺北林氏家屬一九七三年刊印本，第一一頁）『眼含東海遺民淚，愁見河山戰一枰。』（《丁丑暮春北返滬客次書感》，《林菽莊先生詩稿》，第三四頁）菽莊吟社活動所仿效的月泉吟社舊例，包括舉辦大型徵詩活動、評等行賞，以及『甄錄成集，鏤版行世』等。舉辦徵詩的方式和程式，包括出題、徵稿、評選、獎賞、刊刻等方面，也沿用其模式；在徵詩的主旨、命題方式和表達方式方面，也都與其有很大的相似之處。更重要的是，菽莊吟社與月泉吟社有着『遺民』的精神共鳴。

其實，當時菽莊吟社成員也多把吟社視為月泉吟社的傳承者。陳培錕在《菽莊主人六十壽言》詩中稱：『聞說月泉今社主，田園興雜谷音中。』（《菽莊主人六十壽言》，廈門永明印刷社承印，第三八頁）沈琇瑩為《紅蘭館詩鈔》所作序稱：『菽莊主人開東閣招詩客，有古月泉之風。予與蓀浦先後來集，忽忽踰十年矣。』（見蘇大山著《紅蘭館詩鈔》，廈門大學出版社二〇一六年版，第五頁）其詩云：『月泉舊主留方鳳，汐社同人愛謝翺。』（沈琇瑩《生日雜感一百首》之一）蘇大山《紅蘭館詩鈔》卷八《鹿礁集》小序自稱：『己未仲冬，予始館菽莊，為幼安之渡海，作皋羽之入社。』（蘇大山著《紅蘭館詩鈔》，第二六七頁）『幼安之渡海』，指漢末三國時期隱士管甯（字幼安）渡海避亂遼東之事；『皋羽之入社』，則指南宋遺民詩人謝翺（字皋羽）加入月泉吟社之事。他們都把菽莊吟社比作月泉吟社。

月泉吟社有很強的遺民意識，《月泉吟社詩》充滿黍離之悲、故國之思。《四庫全書總目》『月泉吟社詩』提要稱：『其人大抵宋之遺老，故多寓遁世之意，及聽杜鵑、餐薇蕨語。』（《四庫全書總目提要》卷十九集部八『總集類』）然其徵詩則取閒逸的田園詩題，故而，遺民詩人的故國宗社之憂憤、黍離麥秀之悲音，是以模山範水的方式來表達的。清代全祖望云：『月泉吟社諸公以東籬北窗之風，抗節季宋。一時相與撫榮木而觀流泉者，大率皆義熙人相爾汝，可謂壯矣！』（全祖望《跋月泉吟社後》，《鮚埼亭集・外編》卷三十四）這種情形，誠如研究者所說的，也是一種無奈。而吟社對詩題『春日田園雜興』的解釋屬意於『雜興』，強調『要就春日田園上做出雜興』，並從『詩之六義』的角度釋

『興』，要求觸物興感，言在田園而意在言外。古人云：『蓋興者，因物感觸，言在於此，而意寄於彼。』（羅大經《鶴林玉露》卷十）田園者，起興之物，所言之事；而黍離之悲、故國之思，則是所興之感、言外之意。

菽莊吟社與月泉吟社一樣，徵詩徵文活動都取悠閒暇逸的題材。菽莊吟社的八次徵詩徵文，題目或為風花雪月（如虞美人、黃牡丹菊、七夕乞巧、帆影），或為雅集遊賞（如三九雅集、鷺江泛月、小蘭亭修禊），但是，舉辦徵稿活動同樣不是為了吟風弄月。菽莊主人林爾嘉對古人為詩文之旨有着深刻的理解。他在為吟社同人江煦《風月平分草堂詩存》所作序中寫道：『古人為詩文，能動天地感鬼神者何也，以其有益於世道人心也。』稱江氏之詩，『得古人為詩文之旨，殊非庸俗遊戲虛幻之論，摹寫風花雪月淫靡之辭』（見江煦《草堂別集》，嶺南春滿堂一九五四年刊本，『序』第二頁）。菽莊吟社與月泉吟社一樣，徵詩徵文的主旨重在表達黍離之悲、故國之思，而且也都是以悠閒暇逸的題材來表達這種悲憤和眷念。所不同的是，菽莊吟社的主旨不是通過對『雜興』表達方式的規定和闡釋來提示，而主要是通過詩文題自身的寓意來表達。

《菽莊叢刻》『八種』及八次大規模相關徵詩徵文的題目，都有深刻的寓意，隱含着菽莊主人和吟社同人的思想情感。詩題『虞美人』藉霸王別姬、江東遺恨的歷史典故，寓故土淪喪、版圖痛失之意；『黃牡丹菊』以菊之花中隱士的高潔品格，寓堅守民族氣節意；『七夕四詠』與『七夕乞巧』，以天河阻隔、鵲橋相會以及世人對這種星象的嚮往，寓盼望海峽橋通、分離骨肉重聚之意；詞題『帆影』寓鄉愁與思歸意；詩題『三九雅集』寓重陽望鄉思親之意。

壬戌徵賦《壬戌七月既望鷺江泛月》，題仿蘇東坡《前赤壁賦》，而旨在憑弔日光巖水操臺之延平故壘，寓盼望英雄再世、驅日復臺之意。林爾嘉《徵賦啟》述『壬戌七月既望鷺江泛月』情景，即稱：『今日之遊，未知與元豐壬戌東坡之赤壁奚若？舉杯問月，惜不能言。然東坡之所遊者，初非曹孟德釃酒臨江之地，而拳拳於一世之雄。此地為延平故壘，藤牌子弟突起之鄉。』（載《臺灣日日新報》一九二三年四月十三日第六版，轉引自余美玲著《日治時期臺灣遺民詩的多重視野》，第二六二頁）菽莊詩《壬戌七月既望壬秋閣落成，是夕久雨初霽，與客泛舟鷺江，慨然作七律四首》之一云：『藤牌子弟亦多才，一舸蒼茫弔古來。亂後虎頭山色改，淘餘鹿耳浪聲哀。英雄往事橫吟槊，風月閒愁入酒杯。今日江山無霸氣，不堪回首水操臺。』（林爾嘉著《林菽莊先生詩稿》，第一〇頁）蘇東坡赤壁泛舟，誤以黃州之地為烏林，故而追懷曹孟德『釃酒臨江，橫槊賦詩，固一世之雄』，而今菽莊吟侶鷺江泛月，則緬懷鄭成功驅逐荷夷、收復臺灣的英雄業績。

甲子徵序文題『菽莊小蘭亭三修禊』則提升了徵稿主題，以修禊這一傳統習俗的固有意義，寓祓除亂世之不祥之意，表達悲天憫人的家國情懷。誠如論者所言，菽莊吟社前六次徵詩徵文主要在於『對日據下臺灣故土的黍離之悲和個人的鄉愁旅思』，壬戌所徵『鷺江泛月賦』則在『隱晦表達菽莊吟侶們「抗日復臺」的信念和決心』，『甲子（一九二四年）所徵「小蘭亭三修禊序」則上升到了對國家興亡與民族存廢的關注與擔憂上來』。（黃乃江著《東南壇坫第一家——菽莊吟社研究》，第一一九頁）

『《谷音》成集遺民老……黍離何忍續王風。』（沈琇瑩《客感》，《寄傲山館詞稿・壺天吟》，第三九一頁）當然，由於菽莊吟社徵詩徵文所取的都是悠閒暇逸的題材，其深層寓意及其所隱含的思緒情感，未必為多數應徵者所理解或引起共鳴，因而也未必在應徵作品乃至獲獎作品中得到體現。即使理解和體現，其深淺也頗不相同。比如庚申徵詞『帆影』這一題目，寓鄉愁與思歸意，而其隱含的是故土淪喪、無家可歸的傷悲。吟社祭酒、臺灣遺民施士洁在碧山詞社成立時所作同題詞《氐州第一（帆影，林兵爪碧山詞社題）》，其一云：『愁裏煙波，東望故島，天外鷺羽如織。……目極魂飛，刹那間、神山咫尺。』（施士洁著《後蘇龕合集》，臺灣銀行經濟研究室一九六五年版，第三五一頁）故島遙企，咫尺天涯。其詞表達出割臺之痛、流亡之苦。與此形成鮮明對照，大多應徵者包括獲獎者缺乏這種情感體驗，他們的作品所表達的只能是關山阻隔的離人之思和遊子鄉情、親情。所以，總體而言，《菽莊叢刻八種》作品所表達的故國之思、黍離之悲，並不突出。

四

『騷壇舊侶皆雲散，叢刻新編有古芬。』（林爾嘉《讀〈菽莊叢書〉感賦，寄沈琛笙沈子石李繡伊三社友》，《林菽莊先生詩稿》，第五三頁）《菽莊叢刻八種》自辛未（一九三一）春之前開始編選，至庚辰（一九四〇）夏五排印，歷時九年多。當菽莊主人拿到新書翻閱時，已經滄海桑田，物是人非，因而使他生發無限感慨，當然，還有一點欣慰。

刊刻詩書文獻是菽莊吟社一項執著的志業。菽莊主人和吟社投入大量的人力、財力，先後刊行詩書文獻四十餘種，除『菽莊叢書』中幾種學術論著外，大多為詩文選輯。這些文獻多已罕見，有重刊之價值。其中《菽莊夢中得句唱和集》一書別具特色。這是一次徵同人唱和的作品結集，唱和緣於一九二一年秋林爾嘉的一次夢中得句。原唱為軲轆體四絕句，詩題為：『夢中得詩一首，醒後僅記「雨後風輕入望涼」七字，因足成七截四首。』唱和集收林爾嘉原唱和四十三位同人和詩，計七絕二百多首。卷前有菽莊吟侶陳海梅所作序，其落款署『壬戌八月社小弟陳海梅序於鷺江寓次』。是書當刊於壬戌年（一九二二），係由華洋印務書館代印。今一併收入《菽莊叢刻八種（外二種）》，作為『外二種』之另一種。

洪峻峰

二〇一八年九月於厦門大學

蕺莊叢刻八種

百石老人題簽

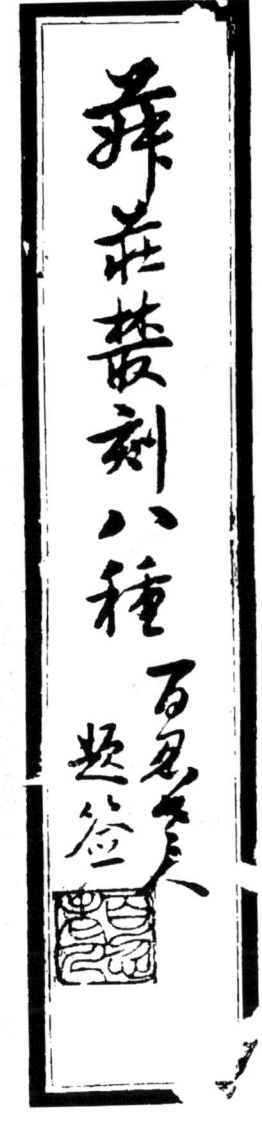

菽莊叢刊八種

百鍊老人署耑

庚辰夏
五排印

菽莊自結社以來凡徵詩五徵詞一徵賦一徵序一亦既錄其鴻篇鉅製先後刊印寄贈諸作者一時海内文人學士寓書索贈殆無虛日因之分餉略盡兹綜八種重付剞劂命曰菽莊叢刻蓋欲假旗鼓以張吾軍也昔宋元之際浦陽吳氏月泉吟社以田園雜興徵詩得若干首屬方謝諸公甄錄成集鏤版行世逮清乾隆時編入四庫全書而月泉吟社之名可與諸作者並傳千古矣夫奇文欣賞古今所同將來文治昌明重纂四部必有明令徵求私家藏帙例以月泉吟社斯編倘亦在所不遺乎辛未春日菽莊主人林爾嘉序

蔌莊叢刻目錄

虞美人詩

菽莊叢刻一

龍溪林爾嘉選

虞美人 七言排律二十韻

龔文青

銷沉霸業可憐才剩此叢殘亦豔哉故里錦衣無樹挂深宮玉帳有花開依然薄命生聊寄至竟多情種又胎洒淚莫尋乾土在幻身還向墓田來舊時手爪歡奚似抵死葳蕤恨未灰沅芷卿應憂再寫山榛我欲首頻回釵光明媚紅千簇劍血飄零碧一垓中道瓊枝輕折散後天金粟總成堆翩躚月下雲裳想躭擱春前羯鼓催椒寢何人誇得地蓬壺他日倘移栽鶯哥饒舌仍呼字

鳩鳥傷心謝問媒解語猶疑屏後見覓蹤眞悔鏡前猜
雖云皎潔非秋實難得伶俜附楚材卽色卽空都了澈
如顰如笑輒低徊舜英久絕同車念嫣館誰誇貳室陪
看取孤芳侔翠柏忍教麗質委荒苔黃陵涕淚蒼梧遠
青塚留連白草哀怨魄不銜塡海石羞顔肯上望夫臺
婢將喚汝楊妃菊仙尚輸他萼綠梅隆準重瞳俱寂寞
惜香且覆掌中杯

王睫盦

英雄一劍緣俱了野土千年恨未休我感美人化芳草
天教春色度鴻溝咸陽蠹跡隨灰滅垓下離情付水流

吊影只餘秦隴月回頭不見楚宮秋江山風鶴成虛警
子弟沙蟲盡舊遊自在香中蝴蝶醉奈何聲裏鷓鴣愁
胭脂塞北疑無種羅綺江東合有樓前度腰纖原是餓
重來心碎不禁揉儇衣五色雲霞麗倩袖雙垂翡翠浮
雨後啼粧湘女試風前輭舞戚姬偷呼爲罌粟年猶小
幻作瑤芝夢亦羞解語逢人難說項斷腸亡國爲還劉
塵根尚滯輸須曼生氣尚存勝玉鉤畢竟和歌仍應節
居然擁刺未忘讎素馨再世嬌相似青塚三生願莫酬
詞苑猜名嫌舜妹書叢問婿誤齊侯品超九等經誰補
藝冠羣芳譜可修南汜騷懷饒藴籍西方詩句寓温柔

倘從本紀卿宜后若溯蘿圖糸是周氏爵大書花史上
虞兮碧血至今留

林米庵

楚宮煙雨散胭脂濠水芳魂逐逝騅負力拔山空霸業
啣恩入地是蛾眉化爲弱草贏愁緒舞向微風認履綦
刦後郊坰開的爍怨留原上見葳蕤褒斜谷遠春如染
盆部名新記不遺曬粉甯輸胡蜨活啼粧暗結杜鵑悲
洞庭斑竹懷湘女故國夭桃笑息嬀妾比堯蓂徒晦朔
人言隨柳遜腰肢孤莖裛露常彈淚翠葉凝煙肯弄姿
偶遇啓唇哦纂纂未辭鞾影對僛僛苔衣鋪處氍毹展

罌粟叢中錦繡披侑飲罷傾金鑿落承恩憶按玉參差
廣筵長袖傳聲扇羽調柔鈴競柘枝怎似輕謳翻舊譜
儼然妙拍感離思若教垓下衝圍出重有江東捲土期
鶯囀細喉容不復鹿歸誰手尚難知請看軍帳高歌夜
勝唱哀蟬短氣詞璧月猶驚聲四起峽雲終遣夢相隨
陰陵何恨迷田父隆準無能庇戚姬自古苑枯渾一體
龍門本紀至今垂

陶隆撰

斷絕中原罌粟種回風又送美人來帳前喑咤懸雌劍
袖底淒涼倒淚杯騎促騅行愁頓足溝驚鴻劃禍包胎

含顰夜漏拚殘醉無主春心泣霸才曾是悲歌腰倦舞
莫能仰視手慵擡雕梁度曲鐃彈恨縞素凝顏似舉哀
敘舊掩聽長亭筑望夫立盡石頭苔託根定絕蛇當道
峭影慚偕雉作媒族姓封桃餘蔭附敗軍折木朽枝摧
一坏土併烏江穴半面粧羞廣武臺死傍重瞳仍挺節
烈熸災火倏成灰怨容憤欲山同拔怒目撞難斗與陪
拜像如瞻靈璧左化身得近穀城隈依攀瀉汭爭苗裔
披靡豐蕭闢草萊葉薄力撐挑戰狀荄頑翼翦射陽魁
蒼梧合接湘妃踵赤帝休移漢苑栽棠雨濺從騅水過
閣煙畫向魯公開俯垂解帶私提玦背敵囊沙暗拂埃

炬慘阿房千不語魂歸下相兩何猜戚姬瞬復傷鴻鵠
豁達高皇安在哉

知盧

美人恩重霸圖輕一闋虞兮倍有情結局頭顱寧贈友
當時花貌亦傾城江東子弟從龍起馬上嬌娥逐鹿行
雲雨夢迴頻顧影胭脂隊裏縱談兵囊貽芍藥臨風結
幕啓芙蓉被酒醒小字湘妃應記牒重瞳夫婿早知名
河山百戰雄風歇環珮三更鶴唳驚垓下軍容都草草
帳中醉語喚卿卿芳心憔悴吳儂恨法曲淒涼楚些聲
玉斗擊殘都貯血珠唇點罷悵分襟紅顏委骨知何處

青草埋憂最不平雪萼帶嬌長寂寂露枝滴淚總盈盈綠搖淮水波逾碧紅照咸陽火欲明豔態曾臨秦殿鏡香魂不度漢家營隴頭仍望君王至月下重尋賤妾盟八載興亡關氣數一枝開謝見精誠至今舊調翻新按猶自纖腰作態呈尚想薄寒凝翠袖更憐化碧有朱罌英雄好色原無賴兒女工愁了此生聞道夫人能學舞未央涕淚亦縱橫

吳翌庭

一辭楚地無消息化作花中絕艷姿合把姚黃爲嫡派應推陳紫是旁支未知鍾美天何意不識憐香世有誰

愛寫丰神惟畫譜偶傳名字入塡詞閑從月下羞無語
移向尊前強自持曾對巫山描淺黛休從燕地買濃脂
輕張竹粉敷嬌靨細碾松煙點翠眉簌簌猶能隨舞隊
盈盈仍自解歌詩記當南國夭桃候正直東風嫁杏時
認得天花閒欲放不教凡卉苦相隨誰家亭館藏春色
此地園林入夢思半世繁華歸眼底幾番搖落忽天涯
折來曾入名王賞萎去何堪薄命悲麗質不堪埋岸葦
芳魂祇合繞江籬種宜屈宋傷心處產在嬴劉易代期
閱過英雄豪氣盡剩來兒女憨情凝摧殘身世憎功狗
憔悴情懷感逝騅垓下日斜聞墜葉江東秋草見枯枝

由來物性歸銷歇豈獨佳人怨別離試憶前身談往事
重瞳祠畔淚雙垂

池紉綺

三秦六國都歸漢剩此虞姬未易降具有夙根生可再
別饒穠豔世無雙粉痕残暈收脂盝香氣餘薰撲酒缸
往事深閨眉黛蹙幽居空谷足音跫舞衣時見春招蝶
感悅甯驚夜吠尨幾許年華過荳蔻百般哀怨訴蘭茳
樓頭芳訊調鸚檻門外歡悰擊馬樁灩灩宜人呈杏臉
亭亭對我立蓮蹤鏡中鑄就嬌顏色屏底描成好面龐
欲鬭月粧依翠幰恍聞軟語隔紗窗吳歌嘹喨偏相入

楚夢惺忪亦自慺髻樣競猜雲罨靄釵聲祇聽水琤淙
迎愁紫襯鮫綃錦彈淚紅搖鳳臘釭傳去微詞思洛浦
寄來遺恨隔湘江丹心長照情甘死碧血難消憤滿腔
落後築爲芳草塚開時載上木蘭艭羅裙阿妹針偷繡
彩筆郎君鼎可扛漳水帳前辜宋義沛風臺上起劉邦
傾城豈許金刀識委地仍疑玉斗撞太息拔山空負力
當時難作護花幢

肅元

自從一唱虞兮後楚舞銷聲楚帳空好夢蕭條神女雨
幽姿斷送大王風花前飲恨身仍現垓下灰心穴與同

春幸卽今虛苑裏香魂好在返江東舜華似汝顏常駐
湘竹猶靈曲己終色界託根知過去情場無種不英雄
仙桃萬刦非秦地官柳三眠任漢宮金粟再生參善果
瓊枝絕代感飛蓬綺愁密密棲霞影淚點星星泣露叢
那復悲歌聞四面深知薄命謝重瞳曉煙牆角含顰悄
殘照簾前帶笑工安得藏嬌將屋貯倘能解語要辭通
依稀傾國曾相識惆悵爭妍未有窮凝血黯然千古碧
羞容悽絕舊時紅換巢鸞鳳都憐我並蒂芙蓉太惱公
合此鏡緣惟挹月化爲劍氣又成虹奚勞圖畫楊龍友
難覓頭顱呂馬童逐隊芳菲隨戲馬尋踪婀娜恐驚鴻

胡然而帝宜天上宛在伊人訝夢中擬續離騷增韻事
替他眉史略褒忠

嚼墨主人

腰支舞歇大王風垓下花開幾度紅劍影生前銷浩刼
血光飛處長幽叢滿園春色三閭地傾國嬌姿一代中
弱質尚餘豪俠氣深情猶是女兒衷歸魂夜帳香無主
埋骨荒原恨未終開遍薔薇文錦麗襯來罌粟綺霞烘
依稀人面敷葩豔披拂枝頭翦葉工恰栩蝶衣煙作斂
偶窺鸞鏡露初融飄芬嫩蕊何穠冶弄態柔條自秀葱
樊鬖擁時粧旖旎燕裙試罷珮玲瓏愁深雖足繁華暮

顰蹙蛾眉粉黛空拍按定驚歌四面雨零猶自泣重瞳
再休大地紛爭鹿末必芳塍界劃鴻妾怨乍伸憐草化
君恩欲報愧葵忠黍禾故國傷懷切桃李成蹊薄命同
歷歷滄桑誰結果勞勞歌哭有鳴蟲即今翻袖生秦土
莫遣移根入漢宮綠野繁華看易過烏江榛莽望難窮
朱虛枉自鋤他種青塚而今怨斷蓬最是新粧顏色好
不妨獨忿渡江東

金人富

扛鼎拔山雄蓋世忽聽垓下唱虞兮埋成遺恨千年鬱
化作繁英五色迷霸業銷沈淮甸北仙根寄托蜀江西

羣芳譜內資搜輯方物圖中備考稽豔質疑經脂盈染
嘉名莫誤米囊題莖柔帶露侵階近蕊稚迎風傍檻低
三疊吳歌工奏曲兩行楚舞倍含悽若藏金屋腰偏細
恍立瓊軒手並攜粉蜨爭研張弱翅烏騅惜別緩歸蹏
也能爛漫花舒錦不是顛狂絮惹泥臉印光搖紅瑪瑙
眉顰影動碧琉璆園蕉吐秀形相仿湘竹凝斑淚迸唬
濃抹淡粧俱絕代疏枝密葉恰分畦貞魂未泯鴻留爪
香氣微聞麝散臍有態翩翻侔芍藥無言寂寞伴棠梨
身如迴抱雙飛燕心訝通靈一點犀姚魏應偕供玉案
尹邢只合避璇閨玲瓏嫩蕚黃絲繞蔥蒨深叢翠罽齊

詎屑輕佻呼菊婢倘論高潔媲梅妻漢宮春老都隨盡
過客猶將往事提

海澄江煦校字

歲癸丑小園既成里中朋好約脩吟集於是有菽莊鐘社之舉吟詠無間二年於茲矣乙卯秋日偶拈虞美人排律廣徵海內佳什諸君子不鄙謭陋投贈逾千餘首爾嘉與社友循諷而雒誦之迺擬定次第錄前列作者付之排印以志一時墨緣云爾丙辰上元日菽莊主人

林爾嘉識

黃牡丹詩

菽莊叢刻二

龍溪林爾嘉選

黃牡丹 七律四首

誦先芬室

要同洛下鬬繁華遠泛黃龍載此花別賦天香移鄺水
渾疑國豔出姚家高莖映日還擎露老圃藏春不染霞
似爲乾坤留正色清平舊調莫須誇

封蠟當酬接樹勞杯分琮粟助題糕未妨秋士棲金谷
難得花王假赭袍晚節安陽眞富貴詩才小宋補風騷
沉香亭畔霜飛後誰倚闌干贈錯刀

夢得休矜徑尺榮人間佳色屬秋英一莖變化西來意

九錫標題北勝名金粉不隨春事盡尊罍還就夕陽明
剡藤添註羣芳譜會有奇葩筆下生
碧海揚塵事渺茫幽花幻出入時妝漢宮點額翻新樣
瓊島分支作冷香彭澤里居拋印綬釜山雲起想衣裳
色絲一例徵題詠華實兼收勝鄭莊

榕嶠楚狂

生來面目是黃花不借中央國色誇金地樓臺徵士宅
秋容福壽魏公家檀心烈甚羞鞓豔蠟瓣抽成養洛芽
沈醉西風香海裏豈知軒種本高華
花王手降金泥詔特授清寒栗里陶姚種仙胎傳蟹爪

酈泉春釀泛鵝毛帶圍正色東帶讓玉笥神英北勝高
天意縱教秋富貴未應晚節被黃袍
金丹換骨拜花神脫却僧鞋現法身三徑淡增虹女彩
一畦光奪鼠姑春靈均絕代餐英貴抱朴還童得氣新
亭北沉香好顏色黃麻宣付白衣人
黃冠歸里認柴桑露冷銅盤舊洛陽寒士庇顏邀錦幛
秋娘抹額鬥宮妝羯鼓夢醒游仙枕鹿韭香收楚客囊
花榜無雙詩第一美周合署狀元郎

曾恂

亭北沉香夢易賒霜姿絕等洗繁華秋容似寫江南葉

晚絢渾看洛下花王者自來無衣白相公此日有宣麻
人前富貴休輕說難傲陶潛處士家
一種天香壓綺羅黃冠籬下意如何能全晚節無妨貶
別有花容未可歌昨夜月明金粟似今年秋老蜜官多
平生嗜好終殊衆不買胭脂買淡鵝
尊前南菊莫悲吟別具嫣紅姹紫心眼底羣芳眞似土
人間衆愛詎須金秋光淡極無傷豔晚景香多轉覺沈
酒熟鵝兒消一醉老來短髮不容簪
剖蠟渾疑幻相眞華穠味淡兩精神從知國色歸秋士
誰解孤芳媚世人隱逸也貪紬被好淸平較譜色絲新

明年留得姚家種搖落西風慰客身

陳德麟

東籬不分見姚黃三徑何曾讓洛陽晚節叢殘甯許貶
天香士德亦當王金英莫買胭脂畫石隱還爭富貴場
似此世人皆甚愛豈徒陶令想孤芳

幾回開口笑何因誰與佳名喚女眞妙絕秋容猜絹字
盛開仙品現金身染霜鹿韭猶爭艷綴露牛心已換春
修到黃姑高格調寄君籬下不憂貧

莫問當年隱士家傲霜國色孕天葩金仙來就重陽節
壽客能開第一花鶯粉搗香燒錦片鼠姑鍊蠟化丹砂

餐英當飲鵝兒酒京洛應無此物華
海外移來種亦稀西風沉醉到楊妃鶴樓仙去遺芳在
鶯脰人歸舊夢非一捻沉香消指爪半籬金帶看腰圍
誰邀花后來秋圃裳裏還愁怨綠衣

觀海客

分明籬下傲霜姿肯向人間競買脂花貌不羣爭北勝
檀心欲醉捧西施芙蓉對影剛三日蘭蕙稱王各一時
豈獨銷魂李清照清平調是斷腸詩
國色生來可療饑巾箱雀去化仙衣捲簾香發驚如鬧
拂檻風斜燕不肥韓圃早知金帶兆陶家新耀錦袍歸

釵光簪上宮人鬢錯認春駒飾一圍
帝女中天本姓姚鞓紅歐碧遜妖嬌金盤品酒重陽蟹
硬紙傳神正午猫冒雨妝成吳苑額倚風瘦比漢宮腰
冷香莫訝開偏晚觸忤東皇貶牝朝
鳳仙么婢笑相呼百兩秋來聘鼠姑彩筆添修高士傳
色絲別繡貴人圖飄英休誤金蓮蹴瘦骨還應綠葉扶
留得繁華酬老眼柴桑三徑未荒蕪

夢禪室主人

正色當王貴可知萬花低首向東籬孤芳豈讓姚家種
晚節曾傳魏國詩婪尾春過猶有此沉香景好不同時

秋來喜見無雙豔生長何傷僻在夷
多謝霜風火速催枝頭香抱最遲開金精散作芳菲節
土德看歸爛漫堆顧影惜無彭澤愛移根疑自洛陽來
秋花直合春花比又向尊前笑一回
次第看花倍眼明陋邦得此可勝情秋前別有中央色
海外初無北勝名封蠟何年教獻朵煎酥有客想餐英
天香吹上鵝兒酒風景重陽寫不成
誰敢雌雄付畫圖自描顏色近今無天姿富貴生偏晚
香夢沉酣意自孤入眼眞成金世界更名較勝玉盤盂
分明瓊島飛來種好借闌干七寶扶

高文藻

萬千紅紫盡成塵天以名花壽主人歐譜繙來無此種
陶籬探遍別爲春曾從漢帝藏金屋不讓姚家降玉眞
疑是四娘同幻化優曇一現色中身

一秋得氣屬中央朵朵金精爛作芒論色羞稱千菊婢
題名合擬百花王九華寶相凝祥靄入面重臺護晚香
獨立西風長自傲懶將富貴炫東皇

寫影銅屏四照虛檀心濃暈入霜初有痕鵝酒花前潑
無縫鶯衣葉底舒消息秋深蜂褪後風神夜靜蠟燒餘
湘簾捲處人嫌瘦比較容光總不如

海外移根費護持洛陽春好不同時惜花有客歌金縷
題句何人擘色絲晚歲應爭韓圃節孤芳未入影園詩
一心願乞崐崙土手種瓊花十萬枝

海澄江煦校字

余性愛菊小園蓺菊數千盆廣羅殊種有黃牡丹來自美國花大徑尺其種特佳年年秋日招客觴詠於此謂對此名花不可無佳什以張之迺拈是題徧徵吟詠一時作者如林得吟卷千餘本余與社侶循諷數過酌擬次第因錄前列付之剞劂待到重陽菊花開時攜向小園讀之古香冷豔林泉動色憾不獲諸君子來一游也

丁巳重陽節菽莊主人林爾嘉識

七夕四詠　菽莊叢刻三

龍溪林爾嘉選

七夕四詠　陳福銘

洗車

一雨車塵淨若何七香載汝過銀河冰輪解借姮娥馭萬古常新不用磨

塡橋

成就雙星好合昏鵲兒義不望酬恩須知情俠全人美九死猶甘況一髠

穿鍼

會少離多恨未伸世間猶拜作鍼神天孫錯繡鴛鴦譜
此譜何堪更度人

停梭

放慵堪喜亦堪悲惆悵明朝又別離慰盡匏瓜無匹苦
銀牆閒煞好機絲

七夕四詠　　何良弼

洗車

一雨宵來最有情綵輿淨浣待將行我思直挽天河水
不洗車塵洗甲兵

塡橋

略彴何須隔歲修黿鼉架就便千秋年年結搆煩靈鵲
巧乞他人拙自謀

穿鍼

巧拙生來本不同靈心我自詡玲瓏金鍼不乞天孫度
百結鴛鴦解獨工

停梭

杼柚閑閑未曉鐘一宵情緒話渠儂歸來還要機絲理
吩咐金梭莫化龍

七夕四詠

區緯

洗車

前驅深感雨師多輦路無塵綠蓋過回想昨宵仍洒淚
七香不見返天河

塡橋

無端烏鵲與人謀欲使天河渡舍舟千古難塡兒女恨
功成行見汝髡頭

穿鍼

家家瓜果畫樓前博得鍼神若箇先度世活人儂不管
但教巧結線頭緣

停梭

欲渡銀河意轉慵徘徊織室且從容今宵星月無雷雨

挂壁休憂頃化龍

七夕四詠　林太古

洗車

輪鐵磨殘道上人雨師多事爲淸塵中原早已無乾土

何惜區區汚錦茵

塡橋

苦與天孫慰別離年年駕鵲此相期人間曠怨知多少

怪底津梁獨爲疲

穿鍼

九孔何如九尾新今年花樣厭陳因兒家得巧尋常事

壓綫傷心尙爲人

停梭

借得天錢誤到今西風弄杼更何心仙家至竟情尤篤

世有糟糠不下紝

七夕四詠　　　　　　　　　　　　　　繡葆

洗車

洗兵無計駒秋高乞取天瓢車一膏莫道勞薪乾淨甚

可憐明日又勞勞

塡橋

彩雲霄漢影全微河畔天孫正下機自古爲媒甯一鳩

君看烏鵲也高飛

穿鍼

寄語黃姑好自謀從今再莫下鍼樓人間蠆尾知何限
無縫天衣更可憂

停梭

天錢何日得分明坐對秋河百感生機杼不聞唯歎息
百無公事誤私情

七夕四詠　嫣仙

洗車

新粧催罷小徘徊月帳雲堦絕點埃知是玄冥先洒道

明朝親迎犢車來

填橋

咫尺紅牆沒路通錦囊何術化飛虹一番辛苦雕陵鵲勝得冤禽木石工

穿鍼

綵樓纖月約宵分一點犀心度弱紋多事金閨誇手眼鍼神祇有薛靈芸

停梭

鉅萬無端負聘錢千秋假得短因緣西風吹冷支機石拋擲流光似去年

海澄江煦校字

閨七夕乞巧詩　菽莊叢刻四

龍溪林爾嘉選

閨七夕乞巧　迴文七絶　介石道人

香爐爇處捲重簾福受雙星拜手纖長命續求兼富貴

狂癡又戲蠟兒添

勞心再莫鵲頭髡便渡橋來續夢鴛豪士處時忘巧拙

高樓上更曝懸褌

陳國蘭

吳承烜

昔當夏至美容乞始影之星今閏秋初巧思乞天孫

之宿佳期七夕令序兩番祇知紅藕節添不信黄楊
樹厄蕭辰獻果雲母窗開桂子著花雪兒簪拜想到
蘭閨鎖夜摹成急就之章桐井知秋戲擬迴文之體
載瞻西陸有仙人七七同名好事東園爲織女雙雙
寫照絳河耿耿再看鵲駕填橋銀漢迢迢倏見雁行
排字溯洄蓬海琴彈流水而無慚仰企菽莊詩補高
山而有感不辭鳩拙敢溷蛙鳴復仿連珠藉呈明鑑
玲瓏玉珮解香籌巧乞文成又潤秋星夜五張機織錦
亭亭月度兩回周
亭亭月度兩回周薦果還來拜女牛星夜五張機織錦

屏邊燭影水邊樓

屏邊燭影水邊樓落葉梧階玉露稠星夜五張機織錦

青天暮靄淡簾鉤

青天暮靄淡簾鉤几案搖紅燼暗暇星夜五張機織錦

玲瓏玉珮解香篝

陳宵潔

爐香捧祝靜簾垂乞帖脩來夜向誰無米苦心關閨厄

途窮坐歎婦難炊

愛獨

河山閨局近心傷苦絕生身犯角張多事費詞祈至再

何如棄智百機忘

燕市酒客

神鍼舊樣別留痕隔月雙成繡譜鴛人世再逢如意會

新翻妙語笑宗元

戢園主人

橋埧又接路西東處處高樓晝燭紅遥望一天秋月霽

敲鍼好夜此心同

鹿巢

絲穿細孔七玲瓏悄語人偎對燭紅眉樣月鈎雙筆畫

癡情兩別恨悤悤

還涙

無聲有涙秋河渡鵲駕橋時恨盡填珠滴露寒驚夜半
月樓空倚又鍼穿

霞溪釣客

桐添葉翠鳳添翎繡幕停看再會星工拙試鍼憑眼慧
通心細點一犀靈

張紉秋

羊年值閏舊書元巧節雙瓜秋薦盤涼月碾絲機罷織
手翻新譜繡紅鸞

金門大隱

猴兒月糸羊兒歲翦翦秋香藕節多樓上同心傷女老巧人攘袖舞天魔

無諸國之民

年年勝會此黄昏巧思人來祝語温前月墜歡今月舊仙家兩度兩銷魂

吴元海

香温夢穩正高秋鬥巧人來向汝謀藏拙我求無事樂深成又笑鵲髠頭

程大經

神通再祝獻雲軿美眷雙期會兩星銀締昔婚金待續

新看疊織錦幃屏

海澄江煦校字

己未七月余歸自東爰集同人重脩社事既以七夕四題徧徵吟詠越閏月七夕復有乞巧迴文之徵海內外投稿逾四千首謄寫既竣迺與社侶循環雒誦得詩四百首錄其前列並七夕四詠付之排印璧合珠聯後先輝映洵足以酬茲令節己嘉平朔日菽莊主人林爾嘉識

帆影詞　菽莊叢刻五

龍溪林爾嘉選

帆影　氐州第一　乙酉生

江鴿遙飛鷗鷺導引波心翅翅浮小燕雨斜拖魚雲亂散翩若驚鴻縹眇人倚危欄悄不見明漪澄照景急凋愁期愆誤夢暗催春老　閃入河橋歡色少況無數酒旗青繞別早先歛歸遲晚卸慣替人懸抱問情深深幾許春潭底夭桃對笑似水流年耐銷磨烟昏月曉

多壽齋

輕浪吹花江樹向暝虛舟易惹風顫布挂空青蒲張老

綠爭渡飛來片片歸雁閒鷗細認取風痕淸淺遠渚歛
斜蒼煙出沒有時能見　苦憶年時離恨滿漫憑與舵
師牽轉捉近波心看同鏡裏縱遠颺猶戀最銷魂懸碎
錦繁華地隨流幻散及早收場問形神乘虛已嬾

陳靈籟

天末飛雲遙映醉眼江颿正引風努峭落尊前輕移樹
際愁入斜陽遠浦安穩歸程問舊夢滄浪何處幾葉霜
痕三篙暝色弄波無語　縹眇乘流馳迅羽浪花沸倦
停柔艫去送冥鴻來迷舞鷺翩認離魂組悄凌波驚倩
影檣烏勸津娥莫妬月淡潮平印亭亭三三五五

棠湖小隱

高鳥爭飛風勢陣起幡幡擁浪來健席水塗藍屏山抹黛明月斜陽買斷千尺桃潭漫較比離痕深淺海立鴻驚沙飛蜮遁壯懷何限　妙旨南華秋意遠訝河伯望洋旋面世態雲浮年光電逝總一般情幻耐商量晴共雨江湖味玄嘲白戰一片神行鎮迷離霓衣黨扇

王睫盦

雲破江心千丈見底風烏閃閃飛近峭射晶屏敬浮翠椀春縮流光一寸行色天涯尙隱約心頭留印拾月人歸尋煙語悄浪壓花滾　界斷空青皴墨暈又齊趁暮

潮來汎鷺沒行間鷗窺罅處稱落霞紅襯帶斜陽粧半
面南朝意江山畫盡幾處朱樓暗鎖凝憑欄細認

捫　蝨

春色依蒲風快似翦陰晴劃出江界水繪如生堤防不
住狠藉斜陽怎奈爲席爲屏幻處處燒瘢牆疥峭共峯
爭欹隨塔臥步移形改　陣馬弓弦千萬態看搔首弄
姿天外葉合雲重花開浪破任鳥猜魚駭欵流紅波鏡
裏春還怕山雞妬彩渺入微茫閃孤光漫空暮靄

揚州賸鶴

春瀉空潭濃抹澹染烟波幅幅如繪膜翠成雲胎青起

暈闌斷山川暮氣攙入殘鴉便帶有瀟湘秋意冷夢鷗飄孤飛鴿退借觀如是　碧落倒懸碑沒字誤多少射工潛伺鸞扇揚塵鮫綃疊霧動海天愁思邁清高看布素狂瀾倒靈光歸峙倚笛何人柁樓邊悠揚弄起

周君簡

蘆荻晴洲煙樹向暝橫斜不礙鷗鷺乍暗低樓頻移野岸陰了滄江幾許如練長波有席地天工難補渡口凝思灣頭極目更添淒楚　六代繁華還憶否總銷盡夕陽今古倒拂魚驚偷隨鶩滅認點雲遙渡到黃昏眉月映商飈弄淒迷一羽宛轉隨人最傷心宵征倦旅

醉　尉

風熟江橋來去送爽輕陰幻出空界水訝簾懸天驚鏡破桃葉微愁渡隘都是離魂謾幾度臨流遐嘅海月明時湘煙澹處舊痕應在　此際石華誰耐採競風火轉輪輕快的的何依滔滔盡是笑寄生如塊唱迴瀾重歎息滄桑變浮雲萬態莫恥同流慎行藏風波自愛

棠湖小隱

江上疑雲朝暮弄巧從風未解行雨展態依蒲移陰就樹偏慣牽人別緒顏色銷魂算盡在西樓南浦冉冉凌波姍姍步月自成娟楚　片席湖山東道主管迎送去

鷗來驚鯉訊潛通鼉更暗遞度歲華如羽點煙霞皆活
潑羞多少泥花浪絮不礙天淵兩周旋相忘爾汝
捫　蝨
天外懸愁波翠澹遠流雲度出如洗曉陌催離昏樓殢
望多少春心蕩碎春去春來慣嵌入春人心裏幻夢飄
煙飛仙弄月乍看還似　省識浮生都是寄算舒卷總
隨雲意估客悠悠才人孑孑弔落霞秋水莽天涯誰繼
起空行色江湖滿地望古蒼茫錦年華風流電逝
夢夢者
宮錦隋堤應共逝水悠然夢入今古礙日驚魚騎風賽

馬人隔紅蘭紫杜谿面初平甚一道難將愁去壞了嬌眸纖如斷翮望洋誰主　片片捎殘秋外嶼更秋外淡煙橫素莫化雲青偷凌漢碧怕誤他牛女正盈盈羅襪穩明蟾也開奩寫妒暫放心頭夜潮生重牽綺緒

曼陀室主

歸夢天涯殘照正遠當年送客南浦十幅乘風孤檣帶日猶繫離情一縷凝望樓頭望不到扁舟來路卵色依微波光蕩漾數聲柔艣　漸覺壯游無意緒待收拾布帆歸去夢破沙鷗江涵秋雁是最關情處更纖纖新上月纔留得張先小住五兩南風似催人煙中暗渡

史　匠

雲走風連波勢曼衍蓬山駕到鼇氣越海千漚江陵半壁煙柳斜陽盪碎飛白書空問若個臨淵摹擬水礁難春塵機不滯悄然觀止　海月搔頭川后媚儘驅遣客兒詩意峽洞迷紅天壇孕碧遜者般流麗鉤滄溟浮片葉休誇說昭河萬里雨摺煙欹泥行人遲眠早起

謝蓉昌

空碧悠悠來正細雨遙看極浦船放若雁涵秋如花弄月人倚西樓眺望纔落尊前頓觸起詩情江上布帆浮空蒲痕照水飽隨風颺　萬里長征曾破浪濟滄海憑

伊雄壯水接遙天風遭破冢幸得歸無恙指扁舟如數
點斜陽裏光隨蕩漾倒映中流動波紋晶簾一桁

王履青

雲壓玻瓈奩翠半斂烟光上下舒卷櫛櫛梳星幢幢幛
日牛馬江河不辨風轉竿斜訝隔渡先登遙岸瘦月千
潭殘陽半市送將人遠　欸乃聲聲來櫂緩浪員處錦
花飛濺荇葉魚吹蘆根雁弔悟一漚同幻騁風流應自
喜難堪是沈舟側畔閃出疎燈滯孤懷亭長堠短

綰郿

天末涼風樓上望遠吹來十葉帆飽亞欲分煙欹疑帶

雨遙隔滄波渺渺南浦雲回便預計江程來早野渡冥冥林皋漠漠耐人瞻眺　見說經年離思杳徧游目海門昏曉雁破檣偏雅翻影亂總不禁殘照盼天涯芳草盡關心是聽潮客到却喜征帆送人歸相看未老

曾經滄海客

天際眞人虛寄妙想凌波冉冉仙步解佩無聲披衣自舞鷗鷺同漂一素朝暮江皋幻一片疑雲來去背却春風瞞將夜月斷難行雨　港汊紆迴公莫渡却愁被矮橋妨住遠夢常懸嚴程暗數究爲誰辛苦數行書斜界處冷然見深秋肺腑早伴人歸道休忘烏衣細語

夢秋吟榭

容易明朝楓岸挂起生花眩共銀海返照初飜眠流競駛惆悵鷗邊欸乃千頃茫然向水面爭先雲塊髣髴神光如臨洛浦佩環初解　拍纜聲聲搖霽靄好催到故人天外臥月誰描梳風欠穩把一匳秋載怕魚龍江底冷蛟宮曉波心與蓋幾幅虛懸有無中山青尚擺

居學遲

天末揚帆孤渡漾影歸舟遇此風飽亂疊蒲痕輕翻布樣遙矚長江渺渺雲擁危檣更斷岫斜陽相照甫圞旋開將明又滅迅如飛鳥　滿眼青山紅樹好竟都被笛

中兜了岸上爭迎樽前數徧莫共煙波杳有魚翁沉醉

酒欲逢背閒邀月到劃破圓輝訝銀蟾銜來頗巧

海澄江煦校字

菽莊三九雅集徵詩啓

菽莊枕山負海自癸丑落成今九年矣每歲重九菽莊故事觀潮之樂勝於登高同社諸子謂主人曰今年九月九日適符三九之數復與三十慶節相後先何其不謀而合也於是集吟侶賞佳節爲三九之會觴詠於菽莊之藏海園焉園有眉壽主人之小名也軒曰談瀛有樓曰半樓長虹前亙爲四十四橋上有疊石曰枕流臺曰觀釣曰觀濤亭曰千波曰渡月倚山者爲眞率亭由藏海園而左曰補山園室曰蕙香主婦之字名也園有十二洞天上有吾廬下有池爲上下池有亭曰梅亭旁

有竹井前爲聽潮樓爲小板橋爲草閣爲蘆漵旁爲止水閘上有亭曰拜石臺曰晚對繞園徑者爲九曲廊圃曰菊圃畦曰菜畦塘曰荷塘有灣曰碧石灣溝曰浣花溝灘曰白沙灘是日設百福鬮以藏海園觀潮及園中諸名目爲題分配詩古文詞各體拈得題者按體分撰計到會者共得八十一鬮又適符九九之數以三九而成爲九九則引而伸之觸類而長之從此菽莊故事觴詠之樂正無窮期也所冀海内大吟壇相與賡續騷雅卽以是爲典實錫之珠唾大壯園林景色異時當裒輯成集與乙卯歲之虞美人課丙辰之黄牡丹巳未之七

夕四詠閨七夕之乞巧迴文庚申之帆影詞諸杰構輝映後先公之同好焉海天引領邛須我友無任拳拳

三九雅集詩　菽莊叢刻六

龍溪林爾嘉選

三九雅集　七古　陳還爽

江南天醉感故國之河山林下風高守勝朝之膢臘故或有換裝金粟歸築玉山草堂晞髮西臺來主月泉汐社扶持風雅即所以培植綱常也予本兵火餘生供文字清役效丈人抱甕藉悟息機觀天女散花未忘結習絕笑魚龍曼衍時亦作戲逢場生憎鷄犬喧豗苦自閉門索句不見白衣送酒望眼欲穿忽聞青鳥傳書私心竊喜寸緘折後珠玉同珍一序昭然

園林如繪山公啓事默契四海神交劉郎題糕己播
一時佳話菽莊先生別墅落成計九年於茲矣適逢
重九之日廣招觴詠此三九雅集之義所自昉耳夫
海濱避地長作玩世寓公天下知名爭說留司中隱
乃復因樹爲屋埋盆作池結構拂水之莊別求清淨
彷彿商飈之館弗事紛華是知三脊取茅此地不妨
蓋頂爲計十年樹木異時倏已成陰是日也景物清
佳意興逸雋追漢上題襟故事答龍山落帽嘉辰北
海尊開仿洛下耆英之會東籬花好照陳芳主客之
圖堂啓聚星白戰則不持寸鐵門高平棘覔裳則同

詠衆仙主人笑口頻開道顏自悅風流富貴都歸鷺島散人眷屬神仙更得鷗波隱趣從此一樓湖海望益則徑闢三三斗酒歲時消寒則圖披九九予識荆有素敢持布鼓而過雷門學杜未工聊答尺書以通錦水此以當古人木李幸勿嫌明日黃花也

龍門史筆眞好奇菽莊作事亦如之平生每自出新意古所未有能獨爲成婚歷年已三十隔海猶及徵吾詩又開雅集曰三九賡酬賓客多文詞是日勝會惜未與事後聞之猶軒眉懸知莊中風景足亭樓臺樹光陸離望潮最上備滄趣錢塘勝概饒於斯一花一石善位置

此中經緯存良規辟疆水繪不專美甌香濤園難勝兹
落成僂指己九載攸居攸芋無弗宜適逢重九風日美
黃牡丹花開滿枝主人好客本天性對此良辰神益怡
一時壇坫推祭酒晉安風雅歸主持襟期一似盧雅雨
四海名下多相知世間富貴亦多有往往氣爲居所移
玉堂金屋極奢侈能受清福曾伊誰惟公忘分樂天命
慷爽不惜草堂資年來著作裒成集海內早共瞻光儀
我持一句爲公誦風流儒雅是吾師

朱家駒

菽莊主人今之偓佺儔所居枕海靈異同十洲呑若雲

夢入九廣園起納山一拳藏海猶一甌此中靈木瑤草
不知數大廈雲構天半森瓊樓長虹前亙四十四橋臥
亭臺倒影危截滄波流觀濤垂釣濠濮企莊惠渡月凌
波更招嫦娥游右海左山汪洋忽巃嵸十二洞天一一
仙宮侔神僊眷屬於焉共栖止補天手段還補崐崙邱
上池玉露下池功德水吾廬寧靜梅竹枝連樛板橋草
閣蘆激閉點綴心如止水拜石顛相求晚對蒼茫循廊
步九曲菜畦菊圃在在供清幽白沙碧石池荷相映帶
浣花結構恰好環溪溝主人眉壽躋堂來獻酬主婦在
室蕙香蘭玉稠繇衣成行繞膝聲怡氣金罍玉觴祝添

海屋籌園成九載更逢九月九不用龍山落帽登高愁君不見海潮十萬軍聲起拍天無岸黿鼉與沉浮宇宙大觀浩淼不可極扶桑倒景滅沒隨波鷗蓬萊方丈圓嶠亦幻耳蜃樓海市一氣空悠悠主人置酒授簡進客激清謳安排玉簫金管坐兩頭長箋短吟滿壁未云足更着珊瑚鐵網宏羅搜笑余江郎之筆老已禿大江南北興發吟高秋聞聲相思夢入鼓浪嶼囑付鱗鴻將我一詩當蹇修獨惜三千里外綿邈隔滄海何時萍水慰吾一識韓荊州

沈沈眉

君不見岳陽之樓臨洞庭夏水欲滿君山青滕王之閣俯江沚暮煙欲凝西山紫年來都在烽烟中刼火一過雕欄空江湖滿地干戈起雖有勝跡淹蒿蓬吾聞海上有三山遠在虛無縹眇間凡夫望洋不得到祇有仙人相往還又聞桃源咫尺近不知有漢況魏晉一自白雲洞口封落花流水津誰問何意天南起菽莊園亭結構疑仙鄉主人好客客好事年年佳節一詠觴今年月日符三九主人主婦謀斗酒藏海園中約觀潮入十一客來先後園中名勝山水兼詩古文詞各體拈此後重陽徵典實菽莊韻事應新添欲往從之苦無路長風大浪

海難渡主人多情歌邛須魚腹一緘通尺素令我追憶
延平王大開賓館招流亡至今猶號思明縣其人大都
慨以慷一識荆州空有願七字詩成且寄遠不爭盧後
與王前聊當他年相見劵

我園主人

去年消夏鷺江來西風吹夢乘舟回主人笑我歸何速
不能留待重陽杯今年又到重陽節吟樽不爲登高設
主賓循例爭觀潮龍山往事何須說眼前滄海變桑田
名園猶記落成年光陰彈指逝川迅九度談瀛開菊筵
海內共和已十載十月十日明朝屆三十節與三九逢

天公若爲巧支配我君風雅好談詩大集吟朋建鼓旗
梁園賓客盡英俊文采風流盛一時入十一人誇勝友
嗟予遲暮空搔首自揣我倘廁其間九九圖中增一醜
諸君憶我若爲情我憶諸君心更傾於今耆舊少新語
海上誰爲牛耳盟曩會不及茲會盛君眞愛才直如命
未知再續是何時老夫還擬重遊慶

沈紹李

天風浪浪海水蒼仙山樓閣蓬萊鄉中有幽棲號菽莊
海天萬象園中藏朱窗碧檻琉璃光吐納沆瀣恣彷徉
年年佳節過重陽登高一繫茱萸囊潮音萬派來扶桑

波詭雲譎騰千檣蜃樓螺嶼瞥眼爲低昂助以詩魂酒魄天地之清商今年九月九日盛會喜非常屈指園成癸丑歲九將適符三九之數爭賞良辰良復與國慶三十節日先後呈嘉祥主人好客羅酒漿羣介眉壽君子堂談瀛氣逼垂虹長四十四橋疊石浮飛梁枕流觀釣波濤揚倚山渡月眞率亭翼張補山一角山如妝王母璇室敞蕙香上有洞天十二遙與吾廬望下有池水瀲灩上下飛鴛鴦梅竹清娛井欄旁板橋草閣秋風涼花溝迤邐御荷塘瀲蘆瑟瑟天微霜誰云九曲廊閒三徑荒晚對圃鞠畦桑流孤芳心如止水心相忘有時拜石

狂其狂白沙碧石位置天然當更饒佳色籬花黃一年好景記且詳俯仰坵壑皆文章拈題鬮分百福忙入十一家筆陣相張皇三九九九數交相一詠初成揮一觴從此觀潮故事無復數泉唐況有情辭麗句浩如千頃波汪汪主人逸興更逐雲游颺詩徵四海萬里隨雁翔贈我雲水洗我骯髒腸遙繼羣仙同日歌霓裳才華多少搜盧王手持玉尺憑君量吁嗟濁世憂患場瘡痍滿目中心傷太平難覯嗟望洋恨無長矢注天狼空憐大國美哉乎泱泱久使大雅不作書謬而詩亡何幸菽莊吟社清譽彰能令宣和文物盛明昌振衣獨立千仞岡

名流咸集少長行西園東壁敷琳琅風流那惜黄金償
請看他日瑶編錦製輝青緗願與香山月泉之樂樂無
央

酒句

蕪城歌吹蓬榛沒金谷胭脂笑啼歇樓臺委土綺羅空
世變滄桑驚骨突洛陽耆老壽而臧滕閣賓僚美且良
勝地雅人兼韻事千秋畢竟在文章林園一粟能藏海
語大而容天亦載佳會剛逢慶節三廣輪本較須彌倍
觀濤渡月縱談瀛無數虹腰上界横繞室應題香祖額
登堂已記主人名主人年少耽風雅絕好菟裘供游冶

今年循例啓瓊筵菽莊特集吟秋社曲廊小閣雜亭臺
仙館神廬蕩蕩開未許平泉誇竹木疑從水繪合尊罍
東南壇坫名流貴鷗鷺閒情鵬鶚志拈題惆悵對張三
入座從容煩劉四帽簷插菊手持螯南郭先生彭澤陶
尚有吳公能說餅好催劉子去題糕美人才士文明選
醉後魚龍任漫衍不嫌紗帽挂高枝更裂羅裙書大篆
萬媚千悅生百歡何妨巾幗勝衣冠人間意氣消眞率
此會休教俗眼看老夫新毁防風骨寸步難移不可越
遥聞雅集廣徵題疑是九椽深靜窒人事雖忙我自閒
天然雅俗各分班他年幸見林和靖願守孤山不願還

笥笠山人

名園要與人同樂山海胸襟許專壑登高九度事尋常
難得風濤壯杯勺桃花源裏無漢秦草木知秋告主人
三十人閒喧令節吾家三九是良辰白頭枚叟老賓客
前月賦濤筆不弱糕筵再與寫潮聲平地樓臺天際落
主人眉壽婦蕙香左有精室右有堂亭館中間罨金碧
四十四橋隔橫塘流水西頭一山補十二洞天列堂廡
池漪上下蘸吾廬望裏蓬壺天尺五板橋小小草堂存
梅竹壓蘆覓漲痕塘圍多年溪水活澆花灌菜過黃昏
主人之心如止水觥船不礙門如市看潮人去獨索詩

碧石白沙吟望裏劉樊夫婦自神仙咒桃何止三十年
結褵重賦催粧句內史家儲九萬箋

朱文柄

民國編年歷數改回首匆匆三十載去年九日恰成三
今歲稱三亦可改陰陽二歷日正符相差一月任人呼
中原積習終難易陽歷祇可治官書君家命題不指此
菽莊落成重屈指于今九度作重陽歲歲觀潮饒樂事
主人主婦溯結褵春秋三十頌齊眉嘉賓蒞止亦何巧
九九相成數亦奇香山九老圖爭撫此會尤堪邁今古
九曲閒行覓句廊吟遍菜畦和菊圃揚州古蹟廿四橋

君增二十愈迢迢枕流拜石日無事興來觀釣復觀濤
洞天十二吾廬愛補山藏海仙人界蘆漵蒼涼草閣寒
浣花溝畔春長在我客京華又幾秋年年來作淨湖遊
吟篇滿篋吟朋散古刹空存涵碧樓今年此日棲申浦
大地繁華乏淨土半淞園内小登臨對菊持螯亦得所
海天遙望水漫漫中有逋山與未闌轉瞬陽和回緹室
再逢三九宴消寒

施香沱

人生世事愧馳逐笑傲湖山信足樂世間勝蹟多不勝
回憶錢塘曾託足八月十八怒潮號銀山一擁與天高

士女見者皆失色目眩幾誤子胥濤此事由來亦已久
每逢勝會恐殿後吾鄉菽莊臨海隅觀潮雅集在重九
招邀入一素心人一觴一詠水之濱波濤極目萬餘里
洗去心胸萬斛塵此時端藉觀潮局賦詩拈鬮隨所欲
堂題眉壽室蕙香依此命題便不俗主人豪興寄毫端
筆歌墨舞翻狂瀾詩成層層有起伏借此好作海潮看
潮聲門外喧未已天風蕩蕩雲煙起黃花冷豔門秋光
荷塘敗葉仍出水上有疊石標枕流欲潔其耳孫楚儔
高臺一額署觀釣彷彿曾與子陵遊亭名眞率近彭澤
溝稱浣花欣有託一畦微聽菜根香主人胸次具邱壑

園西十二小洞天雙棲福地小神仙草閣梅亭工點綴
板橋之下水涓涓九曲迴廊繞園徑摳衣直上松蘿磴
拜石臺前憶米顛萬壑松聲動清聽螺峯缺處露半樓
月光隱約夕陽收四十四橋人不渡蘆花叢裏野人舟
入眼風光成典實尚餘美景不勝述座中騷客斷吟鬚
如此歡場豈偶失一年纔一會一會必竟日不愁詩不
成但恐歡娛畢嗚呼人生能幾何年年霜雪鬢邊過明
歲今朝還載酒園林景色共婆娑

海澄江煦校字

鷺江泛月賦

菽莊叢刻七

龍溪林爾嘉選

壬戌七月既望鷺江泛月賦

沈則沅

閩南鼓浪嶼有菽莊焉爲林侍郎避世之僊居餐霞之別館也冠日冕月襟山帶海韓琦晝錦之堂郭進筒瓦之第由今以觀殆無以過海上諸景納於一莊莊中諸勝集於一閣閣之成也適丁壬戌榜其閣曰壬戌蓋於是秋七月望日以落之也積陰浹旬斯夕新霽主賓九人泛月鷺江覽鄭延平之故壘追蘇長公之勝遊又何其時境之相彷彿邪侍郎擁眞棲於

海山擴陳遨於絃酌走牋海內召爲文章淮上野人
自忘疏廢乃抽毫命牘作爲斯賦其辭曰
歲次壬戌七月既望菽莊主人築閣既成燕飲以落之
泛月鷺江適後宋元豐閒蘇子瞻赤壁之遊蓋八百年
於玆矣天地孤舟古今片月勝賞再逢古歡未歇秋心
警於一簫春夢醒以三褫海山蒼兮鏡影寒天水碧兮
棹歌發清風無恙曾經飄黃州江上之鬚皓魄欲留正
宜晞青舫酒邊之髮披錦袍之在身掬晶丸而映骨景
曜蓬壺氣呑溟渤雲漢無涯神仙有窟觀此日瓊樓玉
宇自覺高寒思當年鐵板銅琶如聞清越主人曰閣成

而榜閣以成閣之歲故曰壬秋也其築閣之地居眉壽堂之東觀釣臺之左而下枕清流也夫以閣也者朱戶旣敞金缸欲浮上煙螺於書幌下冰蜍於酒甌非登高寄慨仲宣之樓也非納涼遇雨子美之溝也樊重十重之房不若是爽挹雲留也楊雄一區之宅不若是虹接煙收也一窗萬象千里雙眸鴛瓦飄兮翼晴靄螭柱聳兮凌滄洲凡蘭楣芝栭者延秀支幽將以脫滕王之晝本寫風日之悠悠而峯青江白冷然悟南華不繫之舟當其主人燕嘉賓於閣成之夕也新涼乍流宿雨初霽漉醽醁於陶潛之巾濯沉瀣於浮邱之袂記上樑兮文

存爭題壁兮句麗昔之米老騰海岳之英光今有倪迂
樹雲林之清第天際鶴語似帶商音海上鷗心別生妙
契於是賓主九人相與放舟於千波亭外月到風來橋
奔塔逝一舸如葉雙槳擊桂臥石印平斷崖劍鋭掠鴿
首於中流招鹿耳而遙翳帶宿醉兮小冠欹貯新詩兮
大瓢曳論英雄於草木殉以閒愁撫風月於河山眷焉
遐睇嗟嗟地也人也有足使後之人遊斯地者而不能
無異代之感往往有覽古之觸焉觀夫日光巖寂水操
臺夷殘壘無次鷩沙自吹慨藤牌之驕子爭枯局於孤
棋神牒銷煙末明代二王之路胡笳咽雨等楚歌四起

之時噫此鄭延平昔日屯軍之地而今之菽莊主人憑弔而踟躕者也且以銅山之墟蔓茳籬矣金門之浦莽蕪茨矣白石無語兮而烏沙明龍蛇疑矣草山空碧兮而浯嶼橫旌旗移矣而斯江也潮信足弄水輭堪嬉而斯月也清質在抱澄輝生姿而斯賓斯主也欣於所遇醉那知誰感銷沈於寒鐵納悲忻於虛巵笑東坡前後之遊地其誤矣慕南粵山川之美我欲從之詒鷺江之泛既罷月已逾午客復引去而主人亦舍舟歸矣萬籟沈夕一丸耿霄臺樹炫其銀色花木振以金飇極九十九樓之目指四十四橋之腰拋黑甜之塵夢倚青空之

泬寥所覺景隨境異意與天遼曾經滄海如此良宵瀉
罷金尊醉碧川之遠客鐫來鐵筆傳玉局之清標別營
避世仙居庭陰似水趁蹤譚瀛豪氣詩思如潮僕也揚
州寄客石城故僚歲月虛牝煙雲弄嘲鼓嶼重陽曾神
往黃菊酒杯以外氏州一曲猶心隨碧山帆影而遙今
則秋槎再問月鑑重邀一俯仰兮皆陳蹟四躇躊兮破
無聊覺會心之不遠使俗慮而咸消又何待松泖桐灘
舉張櫂嚴竿爲喻且就此鸞瀛蟾夜續曉仙水客之謠

蟄廬主人

僕閑門猶坐饋歲無憀影戢蝸廬神遊鷺島忽得山

公啓事情媲瓊琚如聞海客譚瀛手披圖畫敗幽居
騷興夢魂驚四野烽煙哦名輩佳章咳唾落九天珠
玉寓公灑落平吞雲夢胸襟海宇流傳提倡晉安風
雅神交殆徧訂吟侶於三生韻事堪尋敍勝游於七
月舟中人得諸想像飄飄皆李郭仙姿名下士樂與
唱酬袞袞盡鄒枚賦手過雷門而持布鼓自覺聲喑
探月府而泛木槎倘容緣續漫道引商刻羽曲調漸
入清高翻嘲抛玉得甎主人所求顛倒
客有難於菽莊主人曰乾坤丁兹浩刼兮撫四序而皆
秋三光失其朗曜兮陰霾彌滿乎九州河山破碎而不

完兮無一所之淨丘世用夷而變夏兮奚正朔之是求哀狂瀾於既倒兮欲濟川而無舟宜向中流而擊楫兮遑伴奐以優游主人曰否否君我得氣之秋理亂於心何有簪紱不縈懷斧柯無假手良時且莫拋過清福宜知消受慕曲水流觴逸事猶傳癸丑也仿龍山落帽雅集方成辛酉也不殊風景楚囚相對奚爲自愛年光漢臘猶存可守煙波兮四望動五湖范蠡之情風月兮雙清步赤壁東坡之後客瞿然曰君誠逸士我亦幸民清言如晛鬱抱頓伸今者露白如練月圓於輪樓臺以外眺覽無垠敢煩湖山爲東道好結雲水之比鄰非乘一

葉扁舟終違逸興未買十千美酒徒負佳辰俛仰隨緣擬同訪蹁躚道士咄嗟立致倘能爲倉卒主人維時傑閣蔵工王秋署額天亦放晴主方好客登觀釣之臺俯枕流之石兩岸潮平四山月白傳喚篙師招邀歡伯紀同游者九人望斷崖兮千尺風微恰好吹襟浪靜無須挂席忘滄海之波濤儼神仙之窟宅睹冥鴻之高飛感白駒之過隙不禁因勝地而慕前人發幽情而談往迹主人告客曰昔蘇子有懷曹孟德而吾儕因念鄭成功此當年之舊壘亦一代之雄風率子弟而習籐牌王濬之樓船何多讓棄諸生而焚衣頂田横之海島將毋同

設其偏師而興鷩輿一鼓而搗燕宮縱快心於俄頃總瞥眼之虛空曷若此氣貫虹霓遺蹤可數更令人心懷古昔幽憤無窮是則榮華者俄而盡抑塞者久必充鴻雪留痕容無紀某年壬戌鷗波挈伴安知非曩日元豐客曰良宵將闌佳會欲散請爲之歌可乎歌曰海山蒼蒼兮海水茫茫天開福地兮睨菽莊乘長風兮一葦杭溯洄從兮水中央前盧駱兮後王楊攬古今兮隨君狂凌瀟湘兮駕滄浪氣橫秋兮星斗芒海嶽攫句兮月勸觴舒長嘯兮樂徜徉歸乘餘興兮筆以張賡續騷盟兮徧四方管他人事兮換滄桑藏海園兮集庋藏

問琴閣

玉露降金飈涼寒濤捲素月揚養晦先生莅于菽莊迺飛吟牋置紅友延遯翁挈聱叟圓通居士瞠乎在後俄而橫碧落湧金波先生乃動踏月之游興發臨風之浩歌屬意於翰墨主人曰盛會難再好景無多如此良夜不樂云何居士於是投袂而起執爵而前曰僕聞南樓賞於庾亮采石捉於謫仙嘉客言歡於永夕幽人散步於涼天洞庭以設宴張樂溢浦以送別停船折柳則弄月於玉笛坐花則醉月於瓊筵遊之樂樂且無涯兮請結其緣若乃雨乍霽月初升寒光集顥氣凝盤轉玉輪

湧冰瓊樓不夜銀漢如繩得少佳趣勃然而興於是葡萄載酒木蘭泛舟醅浮綠螘浪狎白鷗歲壬戌而再紀繼赤壁而重遊其爲狀也嶼對金雞洲環白鷺鹿耳舊礁龍頭古渡星嶼雲封晃巖日暮聽鼓浪而盪心望操臺而却步初放棹於中流旋迴帆於歸路既江山之不改亦風月以如故乘興則結隊偕行倦遊則爲佳小住於是擊鼓傳杯抽毫擘紙麗句投囊華筵敵綺促膝談心清謳悅耳有約俱來不疲樂此若迺園名藏海閣號壬秋高聳若飛龍九十九危樓爾其閙低止水樓小聽潮排列若長虹四十四石橋至夫瘦削枕流之石清虛

度月之亭馥郁蕙香之室玲瓏壽菊之屏倘顧名而思義信人傑而地靈若乃慕前賢之芳躅覺後遊之可續歌有藉乎扣舷遊無煩乎秉燭極曠覽之深情愛清高之絶俗挹西來之爽氣奏南飛之一曲每憑弔於古人常澹然而自足遯翁聞之起而有詞願呈末技再抽祕思於是乃作而爲翫月之歌歌曰物已換兮星又移緬往事兮猶可追月何分兮今與古解行樂兮須及時又續而爲泛月之歌歌曰歌一曲兮酒三巡伸雅集兮娛嘉賓水無波而可掬月對影而相親感華年之易逝欣斯會之率眞君倘念髯蘇之豪興盍起步於後塵歌畢

先生迺撫今思古即景生情顧謂聱叟乃歌再賡亂曰
秋江之水水愈清兮秋天之月月倍明兮以遨以遊大
快生平廣寒宮如逢其盛霓裳舞如聞其聲新詩可詠
濁酒可傾琉璃世界咫尺蓬瀛一塵不染萬念不生作
天外想在鏡中行

陳福錕

鷺門園亭之勝鼓浪嶼一隅爲最盛嶼之園則以藏
海爲大園之經營十年矣今歲又於眉壽堂之東建
閣一區閣有曲闌循闌而行則四十四橋蜿蜒而達
山麓菽莊既爲園主喜曰海天百景在吾目中矣是

可以談瀛可以觀釣然有園無客則園眞孤獨矣有客而不能詩則人俗地亦俗矣故於花晨月夕佳時令節集二三朋輩觴詠其中其主人婦亦工吟詠別築蕙香一室往來吟眺其間一日梓人告築閣成適值壬戌望日主人云此東坡前遊赤壁日也命其宗人瑞亭繪刻東坡肖像嵌石於閣壁乃召衆賓置酒以落之是日久雨新霽酒興正酣夕陽漸匿新月初上遠視山光若新沐潮聲激石如嗚夕鐘主人笑曰蘇子赤壁之遊正此年此日也所誤者以黃州之地指爲烏林今夕之月當不減當年所謂今月曾經照

古人非耶遂與客泛舟江上遊歸而主人自述其事
遍徵諸作者予適在鷺門遂爲之賦曰
觀天地之變化兮信陰陽之難測喜久雨之展晴兮澄
四圍之海色問今夕之何年兮正涼秋之凄惻月初生
於海上兮覩海天於無極善乎東坡之言曰月白風清
如此良夜何前望古人兮既不可見後顧來者兮焉知
其他適我願兮與與時會浮生若夢兮樂少憂多夫闍
成既得其地兮佳節恰際乎中元臨江流而慨想兮矧
挾衆賓而開樽潮方生而觸石兮月已懸於海門駕一
葉之扁舟兮但聞兩槳之聲喧於是涉浯嶼接圭峯開

醉眸豁吟胸望水操之一臺兮憶籐牌之軍容指雙塔之分峙兮何必披乎蒙茸愛江空而人靜兮更誰擾水底之魚龍何秋晨之短晷兮覺涼夜之方永月圓明而流光兮露凋零而淒冷聽洲雁之夕吟兮惜魚更之餘景波無際而茫茫兮若不知置身於萬頃覓小舟以各適兮等此身於泛梗喜旋散而旋聚兮聊託足於清境聞昔人之豪遊兮渺滄海於一粟感過客之光陰兮乃夜遊而秉燭慕樂水之智者兮亦各得其所欲月將西而星稀兮且迴舟於江曲遂浩歌以歸來兮循前途以翔步悟物理之靜躁兮無吝情於去住銀河淡其將沒

兮認前峯之煙樹不必作去後之思兮固已盡目前之
趣恐陳迹之不復留兮因紀遊而作賦

巴澤惠

藏海園主人建壬秋之一閣倖元豐之五年乃召諸客共啟華筵觴而落之蓋在七月既望登臨攬勝以流連豪飲乍闌清興未極散步於四十四橋之前殘陽罨嶺澄海接天滔滔兮指鷺門之江水遲遲兮放鷁首之畫舩相將自千波而往矣不覺凌萬頃之茫然也俄而月出昏黃潮生淺碧影罩水而籠紗光耀金而沈璧仰見斷崖欲崩赬霞作色其下若劍若印磊磊然分列於東

西者則臨流之巨石輕舟掠而過之有如激箭之勢迫於時呼明月以開樽泛滄波而挂席海氣歛兮峯青露痕凝兮珠白或言主客今夕之游奚異夫東坡之赤壁哉主人酌客而謂之曰古今之歲月云遠江山之風景不殊壬戌之秋編年猶是也齊安之謫作賦者仙乎然蘇子泛舟之夜非曹公橫槊之江則不可誣亦秖以襟懷豪放感歎嘻吁逞凌雲之健筆弔往古之雄圖而已至若今之海天空闊嶺嶠蒼凉懸巖仄仄故壘荒荒延平之功何偉朱明之統不亡惜乎錢王之弩將盡伍相之濤怒揚臏荒蘆之敗葉思列艦之高檣而與吾諸子

臨流捉月滌塵胸於浩浩茫茫能勿酬海若酹英魂一舉而累百觴客曰吾子之言則悲夫既往也使坡仙而爲是遊更不勝其悵惘也古人已矣逝者如斯亦空令詞客之懷想焉爾今既有客在舟有酒在瓢風月雙清之夕水天一色之宵望美人兮寂寂歌舟子之招招樽前酩酊海上逍遥又底須吹簫嗚咽送大江東去之潮於是洗盞而更酌焉微風吹襟涼露霑袂吟曲江望月之詩憑列子御風之勢夜景兮將闌山光兮遠蔽雞嶼羅星之塔影浮沈而若流銅山金門之濤聲喧豗而即逝凜乎其不可留歸去兮於此際爰自中流收櫂入港

直至鹿耳之礁以憩也榜人停橈遊客登岸迴望萬疊煙波已非復汎汎之舟不繫矣良朋既散主人自歸喜空明之銀燭來相照於書幃鏡一奩兮皎皎樓百尺兮巍巍亭軒如水竹樹含輝清淺之蓬瀛咫尺高寒之玉宇依稀與頃之所見其景則已全非安得仿枚乘之七發倩相如而一揮比黃州之勝賞收玉局之珠璣續後遊於十月之望狎鷗鷺於江上之釣磯

謝蓉昌

夫天高氣爽新秋多屬佳辰月白風清良夜都成美景昔東坡於七月既望與客泛舟遊於赤壁之下一

時播爲美談千古傳爲韻事然而風流已往軌轍誰同或轅駒慨我恆跼促以家居或梁燕依人每飄零而作客展布不出於方隅游觀徒縈諸夢寐求其優游多暇舉動自如而能於花辰月夕從名山大川尋幽以選勝者戛戛乎其難之惟　菽莊主人者棲遲泉石嘯傲山林早辭宦海不誤迷津抱光風霽月之懷據環海襟山之勝一邱一壑不離桑梓之釣游某水某山早達寰區之聞見時維七月序屬初秋起登舟望月之豪情醉拚今夕想釃酒臨江之勝概誤證當年是時也綠水無痕青山如沐兩岸潮聲一天露

氣聯朋輩以偕行載酒肴而共往宛雪夜訪戴之逍遙非燈夕平蠻之急遽成高閣應來燕賀却值壬秋乘扁舟似歸鹿門適當子夜天光共雲影以浮空漁火雜河燈而耀彩曩歲登高爽節曾留三九之篇章此時乘興中元更有萬千之氣象而能不遐想古人幸餘韻之猶存計斯遊之適合爲之興起而徘徊也哉僕慕藺有年識荆何日仰逋仙之雅抱敬祝瓣香負靈運之游情深慚苗裔恍結三生之契恨慳一面之緣願入吟社以追隨喜得騷壇之提倡懷君念切每興月明千里之思愧我才疏敢續江淨五言之句

宵涼似水天淨無河蟀語初歇雁聲遠過半篷蘆荻一舸煙波漁歌欸乃人影婆娑良夜之幽情孰暢主人之清興偏多菽莊先生無塵俗懷有煙霞癖慣聽江聲貪看月魄登山則着屐扶筇涉水則浮家泛宅一朝興發於清秋幾度思生於靜夕一覽鷺江游懷肯降船排各一槳打成雙石流泉兮汩汩浪擊岸兮淙淙怯輕寒於草閣納好景於篷窗汪洋萬頃蕭瑟三秋如臨曲水已到中流隔岸之嵐光掩映滿船之夜氣沈浮作此日泛舟之役效古人秉燭之遊一夕歡成千秋神往得水月之大觀託風流之遺響簫聲猶憶其悲涼歌調如聞其

慨慷感天地之無窮供古今以共賞夜色沈沈更漏已深微風吹袂涼意生襟駕輕舟兮游返就熟路兮歸尋溯行蹤之遠近戀餘興之登臨猶復遲眠而獨坐不忘覽勝而孤吟

沈桐蓀

落傑閣以崇閎兮繫歲月以壬秋忽清宇之開豁兮正雲散而雨收亙飛梁之迤邐兮聽曳玉之泉流擊遙岑之爽穆兮挹聳翠之光浮林新如沐波碧于油駢蒞嘉客錯薦珍羞雖韻事而乏佳日兮曾何足以淹留抒霞彩而煥空兮盍盡興以同斟情眷眷而緬昔兮溯元豐

之迄今嗣赤壁以懷蘇兮何逸遊而同欽蒼溟極而吟眺兮月穆穆以浮金入萬頃而泝流兮恰一葉之可任臨巉巖之峭矗兮肆詭怪而蕭森憶延平之建藩兮何歲月之易駸旌旗空而艫沒兮槊戟折而沙沈江流同其激越兮似鼙鼓而聞音惟盈虛之有數兮自循環其何極攬澄鮮之無質兮豈風月而論值飛海底之珠彩兮笑蛟虯之莫得媚今夕之娟妍兮故浹旬之深匿耳得之而爲聲兮目遇之而成色橫吟槊以騫翔兮揮談塵以超特嘆吾生其剎那兮撫浩瀚而不息心悽愴以感發兮遂抽毫而潑墨志盛遊於林逋兮屏往迹於蘇

軾望閩嶼而馳神兮悵荊州以未識

平道人

壬戌七月既望菽莊主人與客登臨乎壬秋之閣於時暮靄横江夕陽依嶂覽秋水之落霞聽晚風之漁唱枕流想孫楚之風觀釣慕蒙莊之曠既而皓魄將上涼雲盡收雁流哀於江瀨桂散芳於山陬近聆鼓浪潮聲風翻林薄遙見鷺門山色月滿江樓主人對江月之茫茫觀江流之滃滃撫時興思望古遙集永懷赤壁之遊爰泛鷺江之楫爾乃攜旨酒偕吟賓放櫂乎千波亭外豁眸乎萬頃江濱則見海闊浮岸山高鬱雲峭壁嶙峋而

盡赤蒼波浩淼而無垠有類乎當年蘇子之游風景依稀而逼真至乃潮靜滄江煙開遠樹影耀金波光涵玉宇飄一葉於中流對江天而容與清風起兮松濤明月輝兮煙嶼饒畫意與詩情酌蘭肴與桂醑有類乎當年蘇子之游寄逸情於江渚已而過延平之故壘想昔日之軍威弔籐牌之子弟歎滄桑之景非英雄盡兮煙波冷星月寒兮烏鵲飛有類乎當年蘇子之游弔孟德而歔欷然而人因地聚地以人傳彼赤壁之名播乃景仰乎前賢嗟斯地之僻處與中原而遠懸不遇談瀛之客難逢玉局之仙賸蕭蕭兮涼月照寂寂兮山川主人於

是愀然嗟酡然醉發懷古之遙情抒感秋之幽思歎騷人之不作惜湖山之憔悴既觸景而興懷遂長歌而寫意歌曰海山莽莽兮海月團欒天河秋碧兮巖壑宵丹歎江山之無恙兮悵英雄之不還安得子瞻詞賦兮壯萬古之波瀾時則露冷空江星稀碧漢雁唳月斜蛩催宵半歎游興之已闌惜良時之莫絆乃返棹於鹿耳之礁檥舟於蒹葭之岸金谷人歸漳川客散重看菽莊花月並入吟邊回思鷺水風光都來枕畔

海澄江煦校字

小蘭亭三修禊序

菽莊叢刻八

龍溪林爾嘉選

甲子三月菽莊小蘭亭三修禊序　朱家駒

甲子三月菽莊主人召客修禊於家園之小蘭亭逢三而會會二而禊畢盛舉亦創舉也是亭也經始於癸丑意誠有慕乎會稽山陰之蘭亭而補山之勝藏海之寬宜有過之無不及也余嘗神遊目想於補山之圖中凡蘭亭之所謂崇山峻嶺茂林修竹者既無不具之矣而羣賢少長之倫觴詠暢敘之樂則月中初會之二十一人再會之二十五人三會之二十八人其人文之蔚秀

詩篇之流美視右軍時之四十二人同不同未可知也至於天朗氣清惠風和暢則今之三月無異古之三月也良辰美景宜非主人之所專獨主人修禊之會月舉再三又豈徒愛惜光景及時行樂云爾哉蓋思禊事之舉所以祓除不祥也今之世界至爲不祥矣佳兵者紛紛充滿宇宙之大戕賊品類之盛仰觀俯察蒿目焉耳矣後之視今今之視昔與東晉時同不同又未可知也主人心焉憫之而無如之何不得已而託於家園之禊事殆有意祓除之而至於再至於三乎其祓之而不祥遠焉天心之將悔禍也其祓之而不祥如故焉人心之

未厭亂也吾於主人遠在三千里外未獲與於斯會取羣賢之詩而讀之然知必皆憂國之英傷時之彥拔劍斫地悲歌慷慨之所爲作也嗚呼噫嘻誠如右軍序中所云興感之由若合一契也乎臨文嗟悼不能喻之於懷右軍固先我言之矣是爲序

陳鉅前

昔周公既成洛邑因流水以泛酒故逸詩有羽觴隨波之句後代祓禊即沿於此司馬晉始都洛陽洛陽洛水之陽故其時之修禊者咸在洛濱後遷建業建業筦吳越之樞會稽隸焉會稽有蘭亭山水佳處每歲值上巳

中朝士夫下及貴游子弟多於此張飲爲樂然皆不傳傳者獨王右軍非以其文之不朽乎叔臧侍郎家居擅池館之勝因慕右軍之風流築亭曰小蘭亭落成之月適值禊辰大集名流歌詠其事吾意座賓當有援昔張老賀趙文子成室之文而略更其詞曰觴於斯咏於斯集少長於斯爲主人壽者惟未知是日所行觴政亦如右軍當日不能詩者罰飲三斗否令節既過乃侍郎則有感於蘭亭序俯仰陳迹之言復於月之十三日再修禊月之二十三日三修禊與會淋漓創古人所未有顧吾考唐書文宗時已有以十三日爲展上巳又考宋書

謂魏以下上巳但用三日不復用巳是三修禊亦有所本侍郎博雅於此見一班且吾閲世說有以石崇金谷園序方蘭亭序右軍甚有欣色蓋人但知崇爲豪士而不知崇固名士崇所與遊者潘安仁陸氏機雲兄弟今侍郎所與唱和者皆一時才俊是侍郎於崇固不多讓即以三修禊序方蘭亭序亦何不可抑吾更有言焉侍郎曾受遜朝職銜後雖易籍而故國數千年歲時遺俗恆惓惓不忘觀於前後徵吟如七夕四詠潤七夕回文三九雅集及此次命題樂操土音蓋不忘本也惟前此但徵佳作不兼及書茲兼注意書法殆以右軍禊帖以

文傳亦以書傳晉書載右軍此帖用蠶繭紙鼠鬚筆書凡二十八行三百二十四字故侍郎此次徵文亦特頒紙格乎鄙人不揣竊欲附驥特恐文既類疥駝書亦譬野鶩有瀆玄覽然終不能自閟者則以吾閩東門外有桑溪溪流玉折風景不減蘭亭昔閩王延曦修禊於此石刻猶存侍郎他日倘遊閩挈俊侶修故事於桑溪鄙人倘得因是作而獲與禊飲之末是所厚望爰序並書

邱中基

蓋聞羽觴隨波逸詩記東洛之盛金人捧劍霸圖兆西時之祥他如武皇飲公主之家文宗賜侍臣之宴武林

社鬧百戲具陳昭慶寺崇十方隨喜重三令節佳話爲多要不若山陰一集長留繭紙英靈座上羣賢半屬烏衣逸彥此寶晉齋所以流馨悅生堂特爲印可也菽莊侍郎僑居鷺島天授鶴姿逍遙契南華之旨瀟灑慕東晉之賢風雅主持不數月泉社長江湖流寓合稱烟波釣徒憶荊楚之歲時借題託興援洛陽之風土踵事增華時則菽莊之小蘭亭適成意匠經營額題揭櫫頗得鷗波之趣不襲龍泉之名放鶴此間共識逋僊遺裔流觴是日允爲內史替人於是散桃花之牋滌竹葉之甕節過寒食可尋參寥子茗談會匪龍華不犯太常家齋

禁溱洧渙于焉贈芍滄浪清可以濯纓浴蘭和楚澤之
吟藉草仿新亭之宴座無鵩鳥主人可釋憂顏鼎有熊
蹯賓從相誇食指曳白依舊章罸飲踏青覓前伴出遊
祖典不忘國香共佩固已舉不祥而盡祓且勿問爲歡
之幾何而乃折柬更番飛蓋絡繹三毛飯設三雅酒陳
郝參軍蠻語翻新裴逸民清談許續佳章擊節一唱三
嘆有餘音急鼓催花再衰三竭可勿慮廣曲江三日之
宴無平原十日之歡黍麴三與嘗新油花三符卜吉三
生白石上寫成行樂之圖三疊紫雲回合與列僊共詠
九十日韶光欲滿婪尾尤佳廿四番風信頻催紅顏未

老餘興固知不淺數見誰謂不鮮一詠一觴鎮與古懽相接三薰三沐更何宿垢之留回憶廈津兵火戰艦連檣惡氛非桃茢能祛清興爲蘆笳所敗以致新題閣置隔歲始頒取嘲明日黃花聆斷好音青鳥兹者薺花綻綠柳帶縈青家山無風鶴之驚里社復雲龍之會吉祥止止花草精神裙屐翩翩林泉潤色二宿下南州之榻三巡傾北海之樽恐鶗鴂之先鳴會享鬥草拚葡萄之共醉候應秉蕑勝會獲從羨餘姚前令嘉招不及愧老符秀才定知三日皆晴天公做美長此一亭不朽地志增光風浴有懷願附孔門言志之列日新共勉竊援湯

盤進德之銘

陳謙撝

夫棗浮絳水瞻帷幔之飛揚蘭秉洧濱覩裙釵之雜沓是以時逢元巳世人競效潔清節居上除風尚相沿祓濯修禊之事由來舊矣爰有鷺島寓公孤山世胄混居塵世早滌煩襟黄叔度千頃汪波獨具高人雅量杜少陵萬間廣廈盡教寒士歡顔闢補山藏海之園收太武日光之勝逍遥世外署隱所曰菽莊領略箇中搆小亭於蘆潋更拓一邱淨土適當二月暮春旣土木之告成翼然特出雖丹塗之未設卓爾大觀維時宿雨方收鳴

禽互答榆錢圓而送暖柳絮舞而弄晴恍憶前游仿泛舟於赤壁還尋新約踵修禊於會稽於是走東傳箋嘯儔命侶安排酒琖洗滌茶鐺作援蘿結桂之思重招舊雨聯緩帶振襟之雅同挹春風一詠一觴幸歡條之未損濯纓濯足隨物遇之自然其人如霽月光風澄不清而淆不濁此地有茂林修竹俯可察而仰可觀作倉卒主人佳辰何分今昔開風騷別調險韻競鬬乂尖行樂及時良有以也爲歡未已可無繼乎維東道達觀早料盛筵易散而南樓清興還期後會重修緣本三生韶華總須暫駐月凡三集童冠儘可與偕酒罰三升先期預

令徑延三益指日頻開社人共惜三春座客幾增二倍但見香車寶馬謝庭之子弟爭來帽影鞭絲白傅之池臺殆滿工對儘多東晳善談不乏張華主不俗則賓盡歡曲彌高而和非寡人謂灞上洛中之禊無其雅金堤石壇之禊無其長也然而竹林昨游或多問訊蘭亭後感不盡牽縈具茲澄抱淵衷恨不廣交四海願以騷人墨客傳來韻事千秋新而又新共徵湯盤之旨樂能同樂如聞點瑟之聲起應騷盟音毋遐乎金玉集成禊帖裝特美以潢池定知賦就甘泉才多吐鳳經書道德字可換鵝惟是王寧朔作序芳林園文終拘乎應制顏特

進賦詩樂游苑意總涉於貢諛泉石風流紀事但求翔實詠歌清曠摛詞無取揬張僕也筆乏生花緣慳躡柳怦然見獵率爾效顰忘異地關河竊附澡心浴德相昔年裙屐如親洗髓伐毛醉心儀北海之尊世復見孔融好客學步序南昌之閣我豈如王勃能文

江　桐

百代江山曾經劫火別家庭院一半莽榛即景生情雲物之變遷不少撫今思昔登臨之感慨何如漁仲荒園無邊蔓草君莫廢第一片殘陽海燕歸巢未定覓誰家之壘越禽向暖不知棲何樹之枝漫誇都尉園中珊瑚

七尺誰羨小侯室內翡翠千重此不禁慷慨懷人而惋傷弔古也迺有厦島鼓浪嶼者徐福神山安期蓬島雲山迢遞佇看天外之槎樓閣參差幻出海中之市波濤拍岸一滌煩襟竹木成林時聞清籟略似裴公綠野儼然李氏平泉遠瞻鹿耳山環螺鬟一帶靜聽鷺門潮湧鴨漲三篙是蓋囊括宇宙之精英籠絡山川之名勝已菽莊依山結宅導水爲園屈曲唯九折羊腸盤坳若三危鳥道闌扃止水園傍補山繚蘆溆以前橫激花溝而右轉聽潮樓下籟發茂林藏海園南風搖修竹鶴汀鳧渚秀極人間花塢月潭甲於天下雖當年梓澤無此名

區春夜桃園遜玆佳景也於是度地作亭於補山園之
蘆潋止水閘上榜其額曰小蘭亭水明樓榭千片魚鱗
柳暗簾櫳半篙卵色羣峯料峭顯層樓複道之奇一水
澄清籠月榭煙廊之致波搖鴨綠閣敞千尋山映鴉青
亭開四望襟山帶海地勢縈迴紺樹瓊樓花光掩映藥
欄數武好看鬭鴨之波竹徑千灣漸近聽鸝之館恍若
城邊水樹蹟著樊川依然郭外釣臺名齊任昉晁巖雨
霽並看太武當前輞水寒消殊覺故山可過橋小不妨
架板也逢題柱長卿溝深可以浣花似有納涼子美時
值佳節門無雜賓覽景攄懷及時行樂憶壬戌七月既

望東坡始駕扁舟當永和維暮之春逸少嘗臨曲水庶幾南樓佳興老子何減於諸君依稀沂水遺風狂士偕遊夫童冠王司州流連印渚欣賞尤多謝太傅嘯傲剡溪襟懷不俗湖唱入陽春之調盾墨工變徵之聲林亭獻媚無限風光山水娛情別開世界乃約論文之侶同爲刻燭之吟卽席分題抽毫擘紙行間芍藥盈箱潘岳之花字裏葡萄一幅邱遲之錦不盡韓潮蘇海豈分王後盧前陌上春多展花箋而咏絮窗前日暖援黛管以吟椒爭看逐句珠璣還愛盈樽酩酊相逢野老祇許看花但值高人何妨載酒提壺樹下半南山賣藥之翁挈

榼花前盡北海修琴之客鞭絲帽影來看白傅圖書舞袖歌衫競和東山絲竹怡然心曠渺矣情長朋輩聯翩神仙眷屬俄而擊缽俄而開樽或爲酒龍或爲詩虎松篁擁腫拓我吟懷雲水蒼茫供人醉眼消受此中清福搜羅海內名賢索句人來銜杯客滿詞題黃絹一往深情酒送白衣重逢勝餞提倡晉安風雅十日爲期招邀汐社詠觴羣賢畢至天開霽景人樂芳辰此地亦許題襟兼旬又逢投轄歌樓麗句元白同聲酒舍香詞周秦繼響彩筆成錦瓊筵坐花喜宙合祇此蘧廬嘆人生眞如薤露猶是山陰蘭渚水中沚樂與優遊居然世外桃

源名下士同來唱和敞賓筵而燕館至再至三搆傑閣
以翬飛攸居攸芋癸丑遠追經始賡續十年甲子方慶
落成綢繆上巳滿城柳色笛聲早入陽關二月花朝鼉
事已過寒食詩詠秉蕳於洧水史稱躇柳於華林地以
人傳人因地聚海天景物千里雙眸主客唱酬一月三
捷主人本淮海逸民天山遯叟烟霞有癖風月爲緣屐
齒巾箱翩其姿致隱囊紗帽宛矣流風夙負雅懷旁招
多士閬南淨土絕少塵氛林下清規不諧權貴未央宮
外無非蕭相之園畫錦堂前如見魏公之圃栗里高隱
君豈獨步此間竹林雅遊我亦樂隨其後奚啻秦川公

子咸願依劉還看西鄂文人極思御李三生欲契慕蘭殊深一面無從識荆何自心傾君復敬祝瓣香夢杳文通深慚苗裔予也才猶祭獺技止雕蟲粗曉之無略諳競病柯亭一笛敢邀子野之知爨下餘琴莫入中郎之聽自覺鴉塗無狀投石賈餘更慚蛙吹猶鳴濫竽步後

沈則琦

甲子三月三日菽莊先生小蘭亭落成浹旬陰雨丹雘未加先集社侶仿蘭亭修禊故事觴詠於亭復於月之十三日廿三日賡續前約以三修禊序徵辭海內甚盛事也絮雪飛晴榆風扇暖軌繼山陰之集豔飆洛水之

吟震盪軼情發揮奇趣香霏珊架擘顛草而抒辭豪助
金樽拈落花而微笑卓越塵外傳播人寰竊謂先生之
會與蘭亭同之者三異之者二勝之者二東晉人物雅
擅芬清江左風流競相標映練裙凝墨想丰致於當時
玉麈趁談掉蘭荃於暇日先生林泉養素軒冕斂華翦
雲葉而爲裳却柳猗而表色社聯甫里人聚輞川衣悉
薜蘿冠皆筍籜具邴原之度襟濯秋清有王衍之姿風
逎雲上洵足儀淩鶴鷺圖入龍眠此一同也覽蘭亭之
圖搜宋濂之記據茵倚磴異態殊形魚唼微萍鵝翻嫩
藻倒修篁於硯影映綠成波上淺草於裾痕落紅點色

清泉引帶曲水流觴或掃石而題詩或臨溪而展軸先生尊盈北海響嗣西京軒敞談瀛陋虞初之小志齋聞擊鉢門白傳之長篇臺可枕流波堪渡月簾開放燕欄倚戲鴛室藴蘭蕙之香人入熙荃之畫此二同也天朗氣清惠風和暢時當春暮景入秋中檢失於羲之選遺於蕭統惟是禊聚最快時晴柳風吹面而不寒山色迎眸而如笑先生亭工已落宿雨未收兩續前遊三修禊事天故延此佳日人盡愜夫幽懷虛樹籠晴新苔含潤石皆可語雲無不香皴嵐翠於日巖浣花紅於水閘此三同也逸少之序標以永和之號志以癸丑之年晉室

雖東正朔未改先生感興滄海笑撫簪壓非同周召共和有似豪強割據羣龍無首逐鹿靡常儒仲辭天鳳之徵楊盛署義熙之歲時剛甲子期肇嘉祥此一異也蘭亭之聚赤縣尚寧王敦之亂已夷蘇峻之叛復謐雖猶五胡雲擾甯妨二老風流安石豈盡矯情羲之卒歸樂死先生時艱蒿目路隔桃源刼灰層積昆池妖氛滿布禹域陵弱暴寡等於周代之藩封耀武佳兵劇於唐朝之封鎮淪田廬榛藪殲士卒沙場境難覓於十洲隣多結於三島爲此禊聚聊當祓除此二異也蘭亭之會四十二人王謝固著聲華與公亦尚磊犖其餘諸子大半

無聞曳白一十六人殺青三十七首四言體異芣苢五字格殊河梁扣木得音嚼蠟乏味先生濯心煙素抗志風騷砥學深閎屬辭綺鍊一時鏤雪雕冰之手模山範水之倫莫不送抱推襟掎裳接襼社成多稔禊修十年墨炙金鍼活齊梁於腕下攬英擷秀儲風月於行間闠韻分吟拈題賭唱聲將擲地氣欲凌空又復鐵網遍沉冰壺同潔嚴汝南月旦萃天下文章截霞采於瑤篇騰珠光於瓊壁此一勝也蘭亭景物雖有崇山峻嶺清流激湍然少水而多山無花而有竹虛亭一角遜樓臺金粉之觀乘興一遊乏昕夕登臨之樂先生納山海之景

於一園集園中之勝於一亭林竹蓄翠深於百重之雲
春花新紅靚於十五之女臺閣炫其金碧廊榭極其迴
環峯巒墮几以俱青江海懸空以共白致兼三絶之妙
快逾四並之亭陟涉無勞眺賞隨趣此二勝也夫人俯
仰一世之内周旋萬彙之間察物化之推遷嘆衆生之
如寄固宜緣時自適即景流連先生取徑蒼茫寓懷跌
宕標舉同於晉代時世異於山陰至人文境地直駕逸
少而上之睨視千古禊事三修振餘韻於蘭亭彰清華
於藝苑濡毫製序景仰過於昔賢有感斯文是所望於
來者

周心翼

蘇屬國之詩曰勸君崇明德隨時愛景光又曰努力愛春華莫忘歡樂時豈不以光陰如過客一去而不復能留深懼德之不修樂于何有益鄭重夫景光之宜愛而行樂須及時也菽莊先生抱樂天之懷感時物之化一年好景多在春秋佳日中記前時泛月鷺江更幾度觀潮雅集而夏之日碧筩酌酒却暑荷塘冬之夜綠螘新醅寒消草閣夫固無時不樂矣然而淑景宜人四時最好是三月元吉隆夫初巳惠風扇其太和會當甲子暮春豔陽時序蘋風送暖柏酒流香先生所由賡續舊章

三修禊於小蘭亭也亭作于甲子陬月成于上巳吉日而卜築于補山園中右有茂林前帶修竹憑欄四望則環繞左右者有南太武日光巖諸峯斯時也淑氣初蝸山容似笑花濃雪霽鳥囀歌來乃當醉杏之天偏致迎梅之雨正苦兼旬陰曀寒入酒杯忻看麗日烘晴光浮瑤席陽春召我煙景媚人盪到輕舟恰受詩龍酒虎張來雅樂聲諧社鼓錫簫則有釀晉桃花圈攜細柳翩翩裙屐畢會芳園先生乃奏樂章陳詩鉢酒依金谷試初觴式燕之賓花落舞筵宜再接飛英之會訂平原十日飲作洞仙三醉歡庶乎大好景光不等閒度矣邇者節

過長春人逢拾翠紅酣綠戰吉祥寺花事可觀彼詭雲
飜金明池水嬉足樂况復喜聞春鳥勸酒客以提壺往
聽黃鸝作詩腸之鼓吹景依依于蕙路情豔豔于蘭時
一刻千金良足愛已莫待遣鶯留語餞飲餘春相期射
兔分朋盤桓麗景故先生也吟懷跌宕酒德流連三疊
蘭亭興復不淺於此間別饒天趣有佳作庶伸雅懷當
茲春滿禊堂羣賢畢至或則浣花覓句或則觀釣登臺
或撲蝶菜畦或踏青蘆溆或情酣釁浴則灘至白沙或
興引浮杯則灣尋碧石或向梅亭而解禊或汲竹井而
造籛或談史漢于九九樓頭或數風飆于四四橋上主

賓協兮偕樂紅紫門厥芳菲是宜著意催花三撾羯鼓相率賡詩介祉三酌兕觥矧今茲醼敞錢能買得風光九十驩騰寶馬迎來珠履三千猗歟盛哉於以見先生之樂與人同而德隨時茂矣僕丁茲刦運生不遇時德業無稱景光虛度然老當益壯不廢嘯歌樂以銷憂未忘觴詠遙傳芳訊假我文章漫染籐箋懷君盛德娵隅躍浪笑參軍作蠻語之詩曲水流觴師逸少草永和之序

沈賢襄

地之勝有天勝有人勝帶海襟山殫秀蓄奧憑望寥廓

靈異所棲勝以天也平危夷險結搆園林輪扶大雅厥壤用彰勝以人也有天勝而無人勝蘊祕無以宣其奇有人勝而無天勝吟眺不足適其志閩之鼓浪嶼嶼之遐僻者也叔臧林侍郎慨辛亥政變辭簪組歸歸而闢園斯嶼削巉巖疏泉石臨流築閣依嶂爲樓納山海景物於書幌酒甌間侍郎蒔花鋤卉結社聯吟貞固自守邈與世絕甲子三月小蘭亭適又落成雨積旬未施舟艭乃於月之三日至廿三日三修禊事社侶畢集流連觴詠廣徵文辭吾知侍郎斯舉雖仿逸少蘭亭修禊故事然吐納沆瀣揚扢風騷而天人之勝有足以凌越逸

少者請得而言之逸少之序蘭亭雖有崇山峻嶺之峭矗茂林修竹之蒼深然僅清流激湍映帶左右聳拔而乏秀少水而多山菽莊之小蘭亭也位於止水閘上前有修竹右有茂林憑欄四望則諸山環繞雙塔平挹逸少蘭亭之勝無不具且大海汪洋恣肆於亭下凡百粵入閩之帆雲西歐南美之檣影媚落日躡飛霞陰晴明晦變態萬千極山海大觀助斯文奇氣此勝逸少者天也逸少之序蘭亭或方以潘岳金谷詩序大喜過望然秋景入春昭明之選屏不錄至當時之會雖四十二人除孫統謝安外餘子聲譽寂然篇什流傳無陋乏味特

逸少毫揮神助序賴書傳遂以獨有千古侍郎學富涵海章成織雲禊事之修賡續十載今亭工新竣三會於斯一時奇偉亮博之士翰矯鱗躍分韻賦詩漱液擷芳光騰玄圃文皆徐庾詩悉蘇韓又復繼結墨緣遍沉珊網使海內文章盡登屏障翹英標雋轄轢山陰此勝逸少者人也惟逸少丁五胡雲擾之季中原板蕩民物凋殘鋒鏑遺黎喪其樂生之氣稽山鏡水留戀春光而鬱伊之情實有不能自已者今則強藩竊柄四海驛騷爭一着於枯棋等羣泯於俎肉刼灰叢集勝於曩時侍郎凌霄聳壑緬古愴今天人之勝雖足以有踰山陰而遯

世之懷出塵之格亦猶逸少蘭亭之集也豈可軒輊於其間哉

葉大瑄

鷺江之陽有藏海園園之間泉清而木茂南太武日光巖諸峯環映左右或曰縮滄海於堂坳故曰藏或曰是園也宅幽而景曠隱君子之所藏修侍郎林菽莊居之菽莊之言曰吾園經始於癸丑會稽內史作序之歲也洎乙卯而落成蓋修禊事無缺者於茲十年矣小蘭亭之葺則遲之甲子孟陬又以三月三日蕆工蒔竹成林引流位石賓僚觴詠其中陶然成趣依金谷詩作平原

飲並展十三二十三兩集巾舄雜遝不期而至者達三十八人唱酬雜錄裒然成帙不知其視永和禊帖何如也但聽止水聞之過潮看補山園之叢篠游目騁懷彷佛山陰道上吾于此間得少佳趣亦不知老之將至云爾若夫典午風流汔今未沫晉安風雅歷兵火而不歇絶者殆亦昌黎伯所謂鬼神守護呵禁不祥者歟盱衡今宙滄海幾塵黃罏舊交新亭往涕每一念至感喟無任浮雲變滅倏爲古今俯仰之間豈徒陳迹已哉石匏老人聞其言而善之命紘抽緩爲之歌以張之歌曰菽莊之中唯先生之宮板橋之下可以盥畢蘆溆之流夕

汐朝潮鷺門之山與先生往還仰而俯兮而可古觴而詠酬景光而無盡吁修禊之樂兮樂且未央酒杯在手兮詩卷長藏山海襟懷兮月吉辰良強飲啖兮壽而康招吟侶兮來珂鄉膏吾車兮秣吾馬詣小蘭亭兮從先生以徜徉

厲鼎芬

廈門勝地菽莊樂土嶼能鼓浪園可補山據南粵而海樹蒼接東瀛而扶桑近風帆沙鳥幾人乘泛月之槎繡虎雕龍有客聚餐霞之館高臺臨水曲樹籠雲湖山開翰墨之場賓主鬭尖乂之韻延平水操之遺趾憑弔欷

歔和靖林公之雅度風流跌宕十年土木輪奐生輝二月煙花盤桓盡興昔年宴飲壬秋閣之落成今日流連小蘭亭之雅集塵囂遠隔半郭半村妙趣環生一觴一詠時維二月序屬暮春桃濯雨而萬點紅柳纀烟而千條綠覽韶光於上巳續韻事於右軍憶永和之九年仿平原之十日彩騰丹艧好友重來時近清和羣賢畢至茂林修竹稱大好之幽居蘆漵板橋開天然之畫本倚曲檻拄吟笻遠山曠其瞻眺佳日供其留戀幾生修到鐘鳴鼎食之家一笑相逢阮嘯嵇琴之選鶯歌雨後蝶舞風前落花與柳絮齊飛芳草共春波一色連番擊鉢

歡騰玳瑁之筵幾度飛觴春滿瑯環之地唱予和汝逸
興遄飛醉態醺而紅潮生高歌發而白雲遏葛巾野服
風希栗里之陶斗酒百篇才比隴西之李賞美景選良
辰惜韶序於殘春暢幽情於暇日逃名海澨極詩酒之
勾留放覽神州感滄桑之倏忽歎潮流於大陸悲戰禍
於中原烽火起而南土荒煙塵生而北平暗連天鶴唳
誰憐遷徙之人偏地鴻嗷盡是流離之子望春臺而不
見躋仁宇以何年嗚呼國步艱難世風否塞魚龍曼衍
鷸蚌紛爭聽鼙鼓於沙場安居誰卜驚干戈於海角餘
燼猶存所賴君子樂天達人俟命及時行樂寧存屈子

之心把酒賦詩且結香山之社視浮生而若夢處濁世以猶歡酒杯在手萬事皆休明月前身一塵不染維持文化獨扶大雅之輪薈萃賢才屢設羣英之會僕儒冠終老壯志空存幾輩封侯讓祖鞭之先着一氈坐冷恨班筆之未投落華翰於雲邊慕高風於海上獻雕蟲之小技抱附驥之奢懷他日買舟趨陪末座今晨屬稿笑付郵筒雁塔題名憶前塵而太息龍門在望奏薄技以何慚嗚呼雅頌云亡絃歌久輟陰霾四起日月韜光異學爭鳴徒興嗟於末路斯文遠紹是所望於羣賢引領海隅傾心文宴爰抒蟻慕且效蟲吟千紅萬紫紛無數

大好春光莫辜負身外浮名水上漚眼前世事花間露
流連詩酒醉芳辰笠屐圖開滿座春蘭亭風景空今古
觴詠千秋有幾人

海澄江煦校字

甲子莫春余構小蘭亭於補山園之左既同社侶三修
禊事復徧乞海内外椽筆爲斯亭增色是夏頑軀不適
就醫扶桑旋爲靜攝計西渡瑞士承國中宗工先後貽
我鴻文而病中心志疲薾雖有希世之寶僅什襲珍藏
未敢輕出而欣賞之也今春宿恙告平始發篋諷誦覺
小園風物如在眉睫間四載客居抑塞之况蕩滌無餘
吁諸君子厚我勝錫百朋矣謹錄三十篇郵付剞劂以
貽同好來春歸國當置酒斯亭重作永和勝會斯時也
諸君子儻亦惠然肯來而爲我浮一大白乎戊辰春日
菽莊主人林爾嘉識於瑞士國阿羅沙之寓齋

萩莊三九雅集詩録

辛酉重陽爾嘉以菽莊三九雅集徵海內詞壇大作先後得詩一千三百餘首爾嘉與諸社侶循環披誦自春徂夏隋珠楚璧美不勝收爰編甲乙畧分次第並以甲選諸作付諸排印以賡續墨緣時壬戌端午菽莊主人林爾嘉識

華洋印務書館代印

菽莊三九雅集徵詩啟

菽莊枕山負海自癸丑落成今九年矣每歲重九菽莊故事觀潮之樂勝於登高同社諸子謂主人曰今年九月九日適符三九之數復與三十慶節相後先何其不謀而合也於是集吟侶賞佳節爲三九之會觴詠於菽莊之藏海園焉園有眉壽主人之小名也軒曰談瀛有樓曰半樓長虹前亘爲四十四橋上有疊石曰枕流臺曰觀釣曰觀濤亭曰千波曰渡月倚山者爲眞率亭由藏海園而左曰補山園室曰蕙香主婦之字名也園有十二洞天上有吾廬下有池爲上下池有亭曰梅亭旁有竹井前爲聽潮樓爲小板橋爲草閣爲蘆溆旁爲止水閘上有亭曰拜石臺曰晚對繞園徑者爲九曲廊圃曰菊圃畦曰菜畦塘曰荷塘有灣曰碧石灣溝曰浣花溝灘曰白沙灘是日設百福鬮以藏海園觀潮及園中諸名目爲題分配詩古文詞各體拈得題者按體分撰計到會者共得八十一鬮又適符九九之數以三九而成爲九九則引而伸之觸類而長之從此菽莊故事觴詠之樂正無窮期也所冀海內 吟壇相與賡續騷雅即以是爲與賓錫之珠唾大壯園林景色異時當裒輯成集與乙卯歲之

虞美人課丙辰之黃牡丹已未之七夕四詠閏七夕之乞巧廻文庚申之帆影詞諸杰構輝映後先公之同好焉海天引領邛須我友無任拳拳

萩莊主人林爾嘉謹啟

辛酉重陽菽莊三九雅集

陳還爽

江南天醉感故國之河山林下風高守勝朝之朦朧故或有換裝金粟歸築玉山草堂晞髮西臺來主月泉汐社扶持風雅即所以培植綱常也予本兵火餘生供文字淸役效丈人抱甕藉悟息機觀天女散花未忘結習絕笑魚龍曼衍時亦作戲逢場生憎鷄犬喧豗苦自閉門索句不見白衣送酒望眼欲穿忽聞靑鳥傳書私心竊喜寸緘折後珠玉同珍一序昭然園林如繪山公啟事默契四海神交劉郎題糕已播一時佳話菽莊先生別墅落成計九年於茲矣適逢重九之日廣招觴詠此三九雅集之義所自刱耳夫海濱避地長作玩世寓公天下知名爭說留司中隱乃復因樹爲屋埋盆作池結搆拂水之莊別求淸淨彷彿西飈之館弗事紛華是知三春取茅此地不妨蓋頂爲計十年樹木異時倐已成陰是日也景物淸佳意興逸雋追漢上題襟故事答龍山落帽嘉辰北海尊開仿洛下耆英之會東籬花好照陳芳主客之圖堂啟聚星白戰則不持寸鐵門高平棘霓裳則同詠衆仙主人笑口頻開道顏自

悅風流富貴都歸鷺島散人眷屬神仙更得鷗波隱趣從此一樓湖海望益則徑闢
三三斗酒歲時消寒則圖披九九予識荊有素敢持布鼓而過雷門學杜未工聊答
尺書以通錦水此以當古人木李幸勿嫌明日黃花也

龍門史筆眞好奇菽莊作事亦如之平生每自出新意古所未有能獨爲成婚歷年已三十
隔海猶及徵吾詩又開雅集曰三九賡酬賓客多文詞是日勝會惜未與事後聞之猶軒眉
懸知莊中風景足亭樓臺榭光陸離望潮最上備滄趣錢塘勝概饒於斯一花一石善位置
此中經緯存良規群疆水繪不專美甌香濤園難勝茲落成僂指已九載依居攸芋無弗宜
適逢重九風日美黃牡丹花開滿枝主人好客本天性對此良辰神益怡一時壇坫推祭酒
晋安風雅歸主持襟期一似盧雅雨四海名下多相知世間富貴亦多有往往氣爲居所移
玉堂金屋極奢侈能受清福曾伊誰惟公忘分樂天命伉爽不惜草堂貲年來著作裒成集
海內早共瞻光儀我持一句爲公誦風流儒雅是吾師

敏帚

夫裴公綠野誇昔年選勝之遊崔氏藍田勸今日盡歡之醉修亭臺之壯麗結搆玲瓏招裙屐以翺翔莊諧雜遝良以名區足樂佳節難逢宜播詠歌藉攄懷抱然或但論買夏滋騰笑於山靈好作悲秋强寬懷於詩老未有疏泉疊石賦高庾信之園人傑地靈序台滕王之閣如辛酉重陽菽莊雅集之盛者也菽莊主人抱吟風弄月之才擅帶海襟山之勝宗尚不矜乎莊老唱酬常結乎裴王開北海之清尊招邀上客闢東山之別墅陶寫中年其園則左署補山右顏藏海梅亭影逗菊圃香霏廊屈曲而螺旋橋蜿蜒而虹亘臺登拜石仿韻事於襄陽軒啓談瀛蒐奇聞於海客白沙灘外蘆溆迴環碧石灣頭荷塘邐迤凡茲勝概足稱幽棲那須紙閣蘆簾諧德耀百年之偶儘有銀山雪練壯枚乘八月之文蓋其歲以重陽觀潮於此故事也亦美談也今者適際佳辰更修夙約溯草堂落成之日寒暑倏其迭更嗣蘭亭修禊之風少長依然咸集何惜十千之價酒舊藏醅特標三九之名花新翻樣是日也襟裙霧合翰墨雲飛堆盤有銀杏石榴聯席盡文龍詩虎認取圖分百福更無煩請試他題由來

緣訂三生才得此蔚成嘉會是豈特裁萸作佩屑米爲餻沿節物之成模標稚人之深致云爾哉僕慚頑質莫踐靈修撫蟹菊以凝思託鹿蕉而馳夢雲山異地尙願作投名入社之人風雨滿城幸不逢敗興催租之吏敢效蛙吟奏響輿起聞風如容雁贊通忱綢繆有日

開尊滿酌茱萸酒悶欲聯吟召良友海上傳書一鶴來南天近局君知否菽莊林氏有名園壇坫稱雄馳譽久今秋文讌勝尋常園闢九年日重九觀濤亭上飛吟箋筆花亂挾驚濤走詩成草木頓生輝千枝萬枝菊稱壽人生行樂能幾何我未列坐亦癲首從來地勝以人傳天貺菽園意良厚主人豪氣兼俠腸塵外幽棲挈佳偶輞川幅幅畫圖開布置經營煩妙手識得胸襟邁等倫浮雲世事拋蒼狗但期高會盛年年風雅林泉長不朽登高有客矜美談記取歲星在辛酉

朱家駒

菽莊主人今之僊侔儔所居枕海靈異同十洲呑若雲夢八九廣園起納山一拳藏海猶一

甌此中靈木瑤草不知數大塵雲搆天半森瓊樓長虹前亘四十四橋卧亭臺倒影危截滄
波流觀濤垂釣濠濮企莊惠渡月淩波更招嫦娥游右海左山汪洋忽蘢蓯十二洞天一一
仙宮倖神僊眷屬於焉共栖止補天手叚還補崑崙邱上池玉露下池功德水吾廬甯靜梅
竹枝連樛板橋草閣蘆㵽閒點綴心如止水拜石顚相求晚對蒼茫循廊步九曲栞畦菊圃
在在供淸幽白沙碧石池荷相映帶浣花結搆恰好環溪溝主人眉壽躋堂來獻酬主婦在
室蕙香蘭玉稠綵衣成行繞膝聲怡氣金疊玉觴祝添海屋籌闔成九載更逢九月九不用
龍山落帽登高愁君不見海潮十萬軍聲起拍天無岸黿鼉與沉浮宇宙大觀浩淼不可極
扶桑倒景滅沒隨波鷗蓬萊方丈圓嶠亦幻耳蜃樓海市一氣空悠悠主人置酒授簡進客
激清謳安排玉簫金管坐兩頭長箋短吟滿壁未云足更着珊瑚鐵網宏羅搜笑余江郎之
筆老已禿大江南北興發吟高秋聞聲相思夢入鼓浪嶼囑付鱗鴻將我弌詩嘗蹇修獨惜
三千里外綿邈隔滄海何時萍水慰吾一識韓荊州

沈眉

君不見岳陽之樓臨洞庭夏水欲滿君山青滕王之閣俯江沚暮煙欲凝西山紫年來都在烽烟中刼火一過雕欄空江湖滿地干戈起雖有勝跡淹蒿蓬吾聞海上有三山遠在虛無縹緲間凡夫望洋不得到祇有仙人相往還又聞桃源咫尺近不知有漢况魏晉一自白雲洞口封落花流水津誰問何意天南起菽莊園亭結搆疑仙鄉主人好客客好事年年佳節一詠觴今年月日符三九主人主婦謀斗酒藏海園中約觀潮八十一客來先後園中名勝山水兼詩古文詞各體拈此後重陽徵典實菽莊韻事應新添欲往從之苦無路長風大浪海難渡主人多情歌邛須魚腹一緘通尺素令我追憶延平王大開賓館招流亡至今猶號思明縣其人大都慨以慷一識荆州空有願七字詩成且寄遠不爭盧後與王前聊當他年相見劵

郭慶 仁卿

莫問桃花源漁人當時亦茫然海濱有林叟詩名傳播遍宇宙林叟林棲愛林泉避世遯迹藏海園重陽故事值三九好結翰墨三生緣我昨披圖窮島嶼一夕魂夢至其處花亦向我

笑鳥亦向我啼主人高臥湖海氣豪邁直與元龍齊觀釣石臺上從容登丹梯前亘四十四長橋如虹霓鐵屏珠箔迤邐處洞天十二神仙府談瀛軒兮聽潮樓浣花溝兮水悠悠路灣灣兮碧石泉涓涓兮枕流菊圃竹井梅亭荷塘曲廊洞房補山蕙香眉壽主人之小字曠達即以名其堂山爲襟兮海爲帶中有一人悲歌而慷慨招吟侶兮瓊筵開詩之人兮紛然來既拈題以分詠更命酒而舉杯藉一時之清興抒滿座之雅懷及時行樂當如此吟風嘯月吾曹事豈期嘗來雲山遙且喜十萬長纏腰欲來即刻命輕舠會當乘風破浪行萬里入座一笑拈吟毫

我園主人

去年消夏鷺江來西風吹夢乘舟回主人笑我歸何速不能留待重陽杯今年又到重陽節吟樽不負登高設主賓循例爭觀潮龍山往事何須說眼前滄海變桑田名園猶記落成年光陰彈指逝川迅九度談瀛開菊筵海內共和已十載十月十日明朝屆三十節與三九逢天公若爲巧支配我君風雅好談詩大集吟朋建鼓旗梁園賓客盡英俊文采風流盛一時

八十一人詩勝友嗟予遲暮空搔首自揣我儕厠其間九九圖中增一醜諸君憶我若爲情
我諸君心更傾於今耆舊少新語海上誰爲牛耳盟曩曾不及茲會盛君眞愛才直如命未
知再續是何時老夫還擬重遊慶

天遺

中原板蕩遘陽九佳處園林集遺耆菽莊落成垂十年及取重陽來置酒登高海島無故事
此樂古來初未有借題言數用乾元何似吳郎列三韭依稀水患溯堯年別業經營從亂後
寒砧木葉苦相催風景入秋愴回首黃花開日未成句名句至今在人口感時觸物託哀吟
命隻詩人傷不偶寓公身世本蕭瑟投老南荒能飢走他鄉佳節恐虛過高會觀潮召賓友
命名畧擬消寒圖座人竊比香山叟以詩紀事徧流傳勝地良辰俱不朽我聞此舉三太息
風雅銷沉斯亦久先朝文物蕩無存人間不見題糕手新來海上聚名流杖履過門動星斗
山林事業屬吾曹欲往從之嗟老醜官歸未辦草堂貲日向柴門共厮守滄桑幾度白人頭
歌哭歲時聊擊缶何嘗散髮弄扁舟汩沒煙濤洗塵垢海山歸處有前期一去好尋耦耕耦

吳樵笑

共和十年歲辛酉始事菽莊潮在丑屈指落成今九年藏海園中又重九藏海補山萬狀奇
包孕三無截九脊主人主婦兩風流室曰蕙香堂眉壽長虹前亘卌四橋半樓更出談瀛右
觀濤渡月枕流臺千波睥睨釣魚叟額題三字眞率亭八面空明倚邱阜洞天十二着吾廬
下有方池廣五畝池光上下二氣分竹井梅亭扼其肘板橋草閣蘆溆歧聽潮止水百靈守
拜石俯仰晚對閑九曲廊前延佇久菜畦菊圃間荷塘野意十分納戶牖白沙碧石浣花溝
一片清涼富消受賞心美景值良辰衆皆登高此獨否海天莽莽九秋濤儼然太華峯頭走
觀潮樂處勝登高故事鷺門八回首林亭正序永和年樽罍滿置孫陵酒這回雅集盛名流
珠玉滿前互師友江山摹繪三影詞壇坫抗衡八乂手崔九陸九歐九才一時盡逐逋仙後
藏園百紙各分題九九上圖數非偶定知此會水莊中佳作唱酬類瓊玖茱萸螃蟹物尋常
解用都成千金帚卅六鴛錦繡成文七四驪珠探在口靈心九孔鍼貫穿詞藻九苞禽夭糾
琅璣九氣盆三纈色色聲聲啟門牡我慙狂杜三生名陽九命窮瀕老朽當年摸索落成詩

陋劣祇應供覆瓿既思便道訪林宗遇雨不行辜剪韭佳題節物黃牡丹巨鐘媿以寸莛扣邇來東西南北人飢驅輒作喪家狗羌村三首失歸謀湘水九章成夢誘今年九月歇浦遊故山又復重陽負湖心築社纔七年秋禊盛筵三度狃因羨菽莊賢主人福慧生來得天厚挍張佳日倡風騷不效南山歌拊缶緬茲高會黃花前雕肺鏤肝一獻醜吟成三十九韻詩倘換兵厨酒百斗

沈紹李

天風浪浪海水蒼仙山樓閣蓬萊鄉中有幽棲號菽莊海天萬象囿巾藏朱窗碧檻琉璃光吐納沆瀣恣彷徉年年佳節過重陽登高一繫茱萸囊潮音萬派來扶桑波詭雲譎騰千檣蜃樓螺嶼瞥眼爲低昂助以詩魂酒魄天地之清商今年九月九日盛會喜非常屈指閱成癸丑歲九將適符三九之數爭賞良辰良復與國慶三十節日先後呈嘉祥主人好客羅酒漿羣介眉壽君子堂談瀛氣逼垂虹長四十四橋疊石浮飛梁枕流觀釣波濤揚倚山渡月眞率亭翼張補山一角山如妝王母璇室廠蕙香上有洞天十二遙與吾廬望下有池水澂

灩上下飛鴛鴦梅竹清娛井欄旁板橋草閣秋風涼花溝迤邐衖荷塘瀲灩瑟瑟天微霜誰云九曲廊間三徑荒晚對圃鞠畦桑流孤芳心如止水心相忘有時拜石狂其狂白沙碧石位置天然常更繞佳色籬花黃一年好景記且詳俯仰坵壑皆文章拈題圖分百福忙八十一家筆陣相張皇三九九九數交相一詠初成揮一觴從此觀潮故事無復數泉唐況有清辭麗句浩如千頃波汪汪主人逸興更逐雲遊颺詩徵四海萬里隨雁翔贈我雲水洗我骯髒腸遙繼羣仙同日歌霓裳才華多少搜盧王手持玉尺憑君量吁嗟濁世憂患場瘡痍滿目中心傷太平難覯嗟望洋恨無長矢注天狼空憐大國美哉乎泱乜久使大雅不作書謬而詩亡何幸菽莊吟社清譽彰能令宣和文物盛明昌振衣獨立千仞岡名流咸集少長行西園東壁敷琳琅風流那惜黃金償請看他日瑤編錦製輝青緗願與香山月泉之樂樂無央

酒句

蕪城歌吹蓬榛沒金谷胭脂笑啼歇樓臺委土綺羅空世變滄桑驚骨突洛陽耆老壽而臧

滕閣賓僚美且良勝地雅人兼韻事千秋畢竟在文章林園一粟能藏海語大而容天亦載
佳會剛逢慶節三廣輪本較須彌倍觀濤渡月縱談瀛無數虹腰上界橫繞室應題香祖額
登堂已記主人名主人年少耽風雅絕好苑裘供游冶今年循例啓瓊筵菽莊特集吟秋社
曲廊小閣雜亭臺仙館神廬蕩蕩開未許平泉誇竹木疑從水繪合尊罍東南壇坫名流貴
鷗鷺閒情鸚鵡志拈題惆悵對張三入座從容煩劉四帽簷插菊手持螯南郭先生彭澤陶
尚有吳公能說餅好催劉子去題糕美人才士文明選醉後魚龍任漫衍不嫌紗帽挂高枝
更裂羅裙書大篆萬媚千悅生百歡何妨巾幗勝衣冠人間意氣消眞率此會休教俗眼看
老夫新毀防風骨寸步難移不可越遙聞雅集廣徵題疑是九梯深靜窟人事雖忙我自閒
天然雅俗各分班他年幸見林和靖願守孤山不願還

居庸過客

邊雲蒼莽極西北秋深不見黃花色萬里無人送酒來酪漿飲罷穹廬匿盛傳高會啟東南
上客知名駐驂對影成三人九九占爻得九數三三芳園雅擅林泉美聯袂觀潮隨坐起

接席樽浮菊醑黃緗題錦綴萸囊紫一笑相邀信手拈分標名勝列牙籤五雲樓閣環仙島
萬古烟霞繞畫檐文章大雅梁園客一代詞宗及詩伯落筆雕龍繡虎才開軒射鴨聽鶯宅
賢主嘉賓共勸酬菽莊雅集古風流不數落帽佳辰負畧仿流觴禊事修菊畦霜淡繁花見
燦若金盤金百鍊九度重陽得意詩一時千載羣公識羣公都作勝遊來遠客荒陬未許陪
明朝又是三十節八十一人重舉杯

何宗文

永陽有奇人白眼傲塵世酒後悲歌輒欲狂和者無人空流涕名山到處必題詩詩拙何心
相與計家園昨日甕正開醉對黃花自睥睨興倦短籬正酣眠門前大笑來舊契道稱鼓浪
有詩壇菽莊主人獨鼓吹莊中有園曰藏海銀樓玉樹皆完備雲嶂浮沈雪浪中恰似蓬瀛
仙子地年年重九集佳賓暢詠流觴傳韻事只今是日復開三九會珠滿奚囊玉滿筒海內
猶然廣徵詩吾子毛錐局一試我聞此語猛一驚醉眼爲開駭神異昨宵孤坐意昏蒙身爲
羽化隨天風恍惚曾遊一妙境談來直欲相雷同白雲滿身月在手飄飄忽忽翔太空星隕

霞飛天慘淡風聲瀟颯鳴哀鴻魂驚魄悸心如焚陡覺吟聲天際聞猛然駐足一瞻覩萬花繞屋香氤氳六鰲奮背駕孤嶼琉璃萬頃接清霽石橋如虹橫臥海石臺天晚凝寒雲瑤軒瓊閣肅崔嵬朱欄畫棟無塵埃滿堂賓客皆俊逸詩驚風雨非凡才中有一人著道服清如野鶴眠幽谷手把芙蓉正凝睇見客來遊笑可掬招我登樓指落暉導我入山歌采薇浣花溝畔濯我足眞率亭前振我衣遊目騁懷正自足不期一醒烟霞非嗚呼我道浮生一夢如幻塵豈知夢亦可爲眞桃李園墟蘭亭蕪風流猶自仰後人菽莊三九翰墨緣勝會名區自可傳從來奇人有奇事未必今人輸古賢東坡地著蘇公成愚溪柳隱乃留名可知江山必藉名人力始能萬古生光榮嗚呼干戈滿地愴行路紛紛權利客無數騷壇尙有斯人作主盟何辭乂手爲一賦

林弢懽

滄桑幾刼風塵淪園林觴詠都成塵水繪倉山長寂寞主持壇坫今無人匪無風雅僭名士匪無園林驕俗子號召詩名徒爾爲騷壇笑騰湖山恥此事而今繼者誰菽莊主人吾與之

菽莊之園本傑構背山面海爲臺池臺池位置超塵俗四時風景恣遊矚藏海園中樂事多招邀儔侶聯吟局年年重九共飛觴觀潮客至門詩强主人一唱四座和竭來旗鼓誰相當雖然重九年年有秋風幾度黃花酒勝會題餞亦何常最難此日逢三九九連環解未足奇九曲珠穿匪所思以一貫三巧爲合天人際會維其時賦詩兼爲卅節慶古今紀述無斯盛不作明堂濤廟篇却成滌水名園詠海天佳勝一園收分箋選韻集名流八十一人同此會消寒圖裏數從頭蘭亭韻事何人紹南皮俊遊於今渺此會千秋屬菽莊風流文采人間少主人繼續修詩盟歲在辛酉觀題名僉以新詩壽雅集豈惟乙丙與巳庚

苛笠山人

名園要與人同樂山海胸襟許專壑登高九度事尋常難得風濤壯杯勺桃花源裏無漢秦草木知秋告主人三十人閒喧令節吾家三九是良辰白頭枚叟老賓客前月賦濤筆不弱謳筵再與寫潮聲平地樓臺天際落主人眉壽婦蕙香左有精室右有堂亭館中間耸金碧四十四橋隔橫塘流水西頭一山補十二洞天列堂廡池滸上下蘸吾廬望裏蓬壺天尺五

板橋小小草堂存梅竹壓蘆覓漲痕塘圍多年溪水活澆花灌菜過黃昏主人之心如止水舥船不礙門如市看潮人去獨索詩碧石白沙吟望裏劉樊夫婦自神仙兕桃何止三十年結褵重賦催粧句內史家儲九萬箋

晉江病隱

上天飄瞥西飛烏古來浮生如畫圖菽莊主人及時樂點綴園林詩與徒盈盈鷺江水尺咫多君吟壇執牛耳我持布鼓敲雷門殊慙未值一噱爾文人結習掉不開抽蕉剝繭枯形骸袖中欲出好詩本都向菽莊雜遝來菽莊落成歲癸丑忽忽九年今辛酉過江名士如鯽多重陽雅集號三九就中牋翰題未題闢創百福爭拈迷上摹風騷及漢魏別裁僞體超恆蹊咳唾珠玉想猶在從此菽莊倍生采且將佳境細數之堂開眉壽園藏海有軒談瀛樓半樓四十四橋亘前頭況有枕流疊石起觀釣觀濤臺並峙千波渡月雙小亭一亭真率倚山是園復園兮曰補山蕙香一室蟠其間此室命名有取爾十二洞天閒佩環上極吾廬占幽雅織蘚水光池上下梅亭之旁竹井偏聽潮樓矗排其前小板橋外見草閣有閣止水蘆漵邊

亭爲拜石臺晚對繞徑廻廊九曲態菊圃菜畦荷塘開還看石灣碧可愛白沙灘近浣花溝

歎觀止乎心悠悠菽莊園林一筆裏問君可許窮深搜觴詠暢叙時光好兩鬢霜風逼人老

眼底蒼莽無古今淋漓吮毫相沈吟人生韻事莫辜負勝會不常君知否重九易逢三九難

白雲一霎幻蒼狗君不見芳園桃李夜宴春蘭亭曲水脩禊辰行當一一發高詠勿使黃花空笑人

介石道人

年年憶讌菊花酒去年詠菊詩八首流光轉眼一年秋忙煞騷人賦三九記取右軍序蘭亭同是落成暮癸丑菽莊九度醉重陽恰好乞漿歲在酉諺云三九小寒天數起一陽初復後人家九九消寒圖倩畫素梅孰妙手花瓣三分染一分尚餘六九未消受滄桑歷刼歲寒身小占園林作仙藪眞率居然九老儔主人有堂曰眉壽蕙香不讓九畹蘭草長宜男羨嘉耦藏海園通九曲廊亭臺池圃環左右難得形勝各標題八十一圖分社友蓮花幕裏說風流庾郎也不厭三韭二十七種菜根香除卻食鮭誰適口愛酒每逢白衣人愛詩如對黃絹婦

觴詠之樂無窮期趁好風光莫孤負舊歷還參新歷觀九日數符良亦偶三十慶節在明朝後先輝映未曾有

劉逸園

菽莊園中作重九詞客經師一淵藪主人欲攬天下才拈課分題又一回秋風吹愁愁益劇況是斯文陽九厄彌留國粹一息延聊衍經義於詩篇會當風雨重陽日菽莊落成差可述光陰一瞥倏九年合之重陽眞數出推原一畫始伏羲二數爲偶一爲奇一二不可以爲數以一成二生九擬積之於十復歸一其中妙義顯然著三爲數之成九爲數之終一二不能盡其數範之以三罔不通三或不能該其博概之以九則無窮善賈三倍利良醫三折肱一陽九廻後一毛九牛中管仲三仕三見逐田忌三戰三敗北九章九命數可稽九天九淵子宜讀古人語意須參詳泥首篇章書欲哭鯫生解經非爲奇但願菽莊無窮期海風琅琅起涼飇海山蒼蒼天與齊莊壯一粟於焉棲亭臺錯雜儷租迷置酒高會風雨淒糕字吾家不敢題

菽莊落成，歲癸丑雅集重臨，歲辛酉九月九日又九年，飛觴坐月慶三九觴詠同集，藏海園

俞嘯琴

海客且上談瀛軒，已判三秋讓彭澤。爲期十日醉平原，菽莊園亭富花木。茱萸滿插香盈屋，主人好客動四方。和靖先生姓名熟，莊襟老帶神仙姿。夙躭歌舞兼文詞，者番安排菊花酒。羅致吟朋寫勝辭，菽莊名勝夾山海。雲霞爛處名園在，觀濤臺望九秋湖。萬疊銀山天色改，卅四橋邊停畫橈。差比揚州廿四橋，一道長虹横水上。不知何處客吹簫，九曲廊繞名園逕。黄花栽得添吟興，一瓢清酒助新詞。老圃賞秋拂石磴，十二洞天翠幾重。玲瓏幻出玉芙蓉，此地大可作重九。不必華山玉女峯，半樓夕陽紅樓半。攬勝江山堆几案，明月誰分上下池。夜來倒影低頭看，園亭往復樂無窮。到處琴樽一笑同，芳墅别開詩世界。吟聲同答主人翁，主人殷勤索新句。素心且作登高賦，載酒羣來雅事傳。秋光多半吟中駐，我家僻處在海巫。絳雲樓樹久荒蕪，豈意秋鴻來海嶠。廣張鐵網搜珊瑚，菽莊主人洵畸士。眼前多少眞已知，題餻費菊年復年。但把濁醪消塊壘，晚節黄花獨耐霜。江山風月助清狂，海外桃源作小隱

相交蘭石獨堅芳愧無江郎五色筆替寫名園雅集日觀釣觀濤事事佳酒杯釀得新詩出
更祝西園賢主人歐留八十一嘉賓聯成九九消寒會吟到明年大地春

昇文山人

秋風海上暮潮吼飛來仙山巨鼇負樓閣參差連五雲重陽令節萃賓友主人好客傾酥醴
呼客敲詩並飲酒靑蓮才調誰與倫詩成百篇酒一斗座上十倍酒中仙就中更添灌園叟
虬髯萬里詩談瀛鶴髮一堂詠眉壽挈說斯園創造年辛酉之秋溯癸丑修禊蘭亭記永和
直將三三易九九洞天猶是古乾坤渡月聽潮對成偶無事更繪消寒圖纔放黃花未殘柳
橋邊草閣饒靜機池上梅亭絕塵垢更看福地闢嫏嬛萬卷圖書探二酉吁嗟乎人生行樂
須及時如斯勝會豈常有顛比杜陵廣廈千萬間盡爲寒士之淵藪不願效石崇金谷侈繁
華娛目歡心俗情狃

朱文柄

民國編年歷數改囘首匆匆三十載去年九日恰成三今歲稱三亦可收陰陽二歷日正符

相差一月任人呼中原積習終難易陽歷祇可治官書君家命題不指此菽莊落成重屈指
于今九度作重陽歲歲觀潮饒樂事主人主婦溯結褵春秋三十頌齊眉嘉賓蒞止亦何巧
九九相成數亦奇香山九老圖爭撫此會尤堪邁今古九曲閒行覓句廊吟遍菜畦和菊圃
揚州古蹟廿四橋君增二十愈迢迢枕流拜石日無事興來觀釣復觀濤洞天十二吾廬愛
補山藏海仙人界蘆溆蒼涼草閣寒浣花溪畔春長在我客京華又幾秋年年來作淨湖遊
吟篇滿篋吟朋散古刹空存涵碧樓今年此日棲申浦大地繁華乏淨土牛淞園內小登臨
對菊持螯亦得所海天遙望水漫漫中有逋仙興未闌轉瞬陽和囘緹室再逢三九宴消寒

王怡仲

菽莊主人廣交天下賢座中名士來翩翩金樽旨酒開綺筵玉盤珍饈勿論錢不期名園落
成今九年襟山帶海氣象億萬千巧逢九月九日茱萸節三九惠臨若比肩此地風光多勝
賞觀潮之樂樂無邊采菊東籬助吟興三十慶節又來相後先屈指藏海園中佳境擅長有
九九四十四橋迤邐樓臺十有二洞天呼朋嘯侶九九八十一興酣題句落筆大於椽恨我

遠在揚州數千里未能躬逢盛會相周旋我有一言敢爲菽莊主人賀得天得地得人九九循環已兼全不求僊不逃禪攜我女兒酒載我薛濤箋他日乘興而往興盡返酣嬉淋漓直接文字緣吁嗟乎人生在世須行樂安能同流合汚飲貪泉世外桃源惟有菽莊好等閑富貴如雲煙提筆四顧天地窄令人神往藏海樓頭斗酒詩百篇

梅道人

記唱將離前度曲堂中四美嬌如玉歸來南浦作重陽江神笑煞箏琶俗近聞藏海又開筵此會今年勝去年良辰恰好得三九我恨趨約殊無緣菊杯醉後萸囊佩秋人愛看魚龍隊招邀嘯侶共觀潮雄才誰匹蘇黃輩欲繪消寒九九圖一堂主客數相符登山不如觀海樂眼福詩福歸吾徒分圖百福各歡笑大家鬭巧還爭妙越王去後靈胥驕海天蒼莽風濤嘯多君意氣酷愛才一枝筆壓潮頭來何時再下故人榻青眼高歌爲我開白石灘前秋水媚談瀛此會殊高致晉安風雅已寥寥共讓君家樹一幟今朝三九興未闌三十節更續吟壇但願世無陽九厄不須棋局憂長安長安天遠空搔首但誇滕閣如雲友羣公盡是作賦才

莫說盧前與王後我輩風流總不羣隨時行樂願從君狂言杜牧老猶甚得意還來乞紫雲

陳桂琛

雲連海嶠氣蒼蒼濤翻鹿耳聲浪浪洞天福地開林屋中有高人號菽莊菽莊莊成自癸丑經營幾費神工手年年觴詠於此間而今已歷重陽九盛會剛逢三九辰持杯對菊壽主人却嫌落帽登高俗獨羨分箋得句新折簡梁園揮健筆詞客蟬聯八十一九九人符三九辰三九堪為三十四爭誇此會本天成主人勸客傾巨觥酒酣漫試題箋字更呼海客共談瀛樓臺倒影蘸池苑拈題各抒胸中隱九秋天地入吟腸四面雲山供醉眼供醉眼兮思悠悠狂歌消盡古今愁但願年年此地為花壽不須蒿目滄海悲橫流

吳東園

瑞靄氤氳鬱結青霞之氣祥雲流瀣薰蒸紅日之光秋色西來濛七萬古江聲東下滾滾百川重洋每值重陽識登高之有例佳境又逢佳會比同泰之無遮攬景攄懷及時行樂孰有如菽莊主人林先生者乎溯癸丑之歲迄辛酉之年節重九名稱三

九酒十千包孕萬千於是得八十一賢譙藏海樓爲數爭九九徑闢三三慶協羣倫圖題百福舊雨今雨四座駢臻文星德星一堂燕集頭銜名貴眉壽康强軒敞談瀛閣扃止水亭邊拜石證米芾三生臺上觀濤挾枚乘七發參差高榭飛鳥欲迷上下淸池游魚可數千波漲綠半壁樓紅宵渡月而玉兎馳曉瞰潮而石鯨吼朶畦挑菜螺女難尋蘆溆含蘆雁奴不到梅亭春早草閣寒深竹井陰濃荷塘爽挹灣環碧石就淺就深灘印白沙若離若卽鹿門轅盂蟹含轢張四時之景不同九載之居如昨也今者企絳都之御史仰碧落之侍郎眷屬神仙交游英俊魯多君子采采泮芹衛有賢人猗猗淇竹踵西京之韻事園客馬鄒煥南國之文章衙官屈宋是以繁霜菊圃淡韓相之秋容佳日菽莊續孔融之豪舉也若夫蕩蕩平平坦坦心地空々洞々磊落性天機械屏除模棱鎔化此亭所爲以眞率著也有若歲寒雖遇知松柏之不彫景好堪娛信桑榆之非晚天留暮靄山愛夕陽此臺所爲以晚對名也又若磷々疊石皎皎枕流惟介斯貞惟淸斯淨有纓可濯有柱可題雁齒高排虹腰低跨觀子

陵之釣七里非徭亢和靖之宗孤山何遠杖藜扶過兩三星之乙火常明架板鋪成廿一日之酉時可記此四十四橋之勝概也至若涼房燠館淨几明窗書屏金點鷓鴣錦幌紛黏蝴蝶赤文綠字禹鼎湯盤碧瓦紅泥秦甎漢洗晏楹書滿鄴架籤多二酉之所未藏六丁之所未攫此十二洞天之勝槪也他若宜男之草侍女之花連理之枝合歡之樹奴婢之呼山橘子孫之盛笏脉雞鳴多問寢諸賢燕喜誌宜家壽母此所以登萱草之堂而拜蕙香之室也話梓澤當年無茲名勝賦桃園春夜遜此清高周九曲之廊廣萬間之廈園柳憶重三之宴黃詠牡丹浣花恍丈八之溝綠研螺黛楚華撿排律之寸箋六年前事蘇蕙織回文之雙錦七夕佳期課應碧山曾歌帆影詞填白石且認襟痕戲問碧紗籠誰留舊句料知青玉案必索新詩茲何幸酒進延齡兩瓶薏苡囊探介壽雙佩茱萸望千里之鷺江鶴觴欲寄聞九秋之閩海蜃樓轉

鴻鈞芋火工夫驗前修於金竈芸香課藝仿新序於玉臺

投筆戎從昔癸丑橫盾磨壘今辛酉九日慣登戲馬臺殘照西風一回首菊花例傍戰場開

以數計之亦三九綠水幕依文畫蓮碧蔭門垂彭澤柳題襟之館祇三弓負郭之田無一畝
蠻爭觸鬬幾時休鳳侶鸞儔何處覯獨有菽莊賢主人良辰美景不孤負徵文考獻年復年
詩教溫柔復敦厚貴賤不渝車笠盟遠近偕來金石友以公化私溥三無積小成大空九有
希圖偃武先修文蒐羅邱索求典墳思欲弭兵先講學沐浴詩書與禮樂試看張為主客圖
賡颺之盛際唐虞不為岳牧之吁咈但效元愷之都俞三九雅集義何取九九相乘數奇耦
上下天地一蘧廬園林花木歷年久燕昭別有黃金臺王孫又送白衣酒洒龍詩虎快攜手
薛鳳徐麟笑開口防風香粥流霞漿併來同上侍郎壽三多之祝九如歌善為頌禱容余否

施香沱

人生世事愧馳逐笑傲湖山信足樂世間勝蹟多不勝回憶錢塘曾託足八月十八怒潮號
銀山一擁與天高士女見者皆失色目眩幾誤子胥濤此事由來亦已久每逢勝會恐殿後
吾鄉菽莊臨海隔觀潮雅集在重九招邀八一素心人一觴一詠水之濱波濤極目萬餘里
洗去心胸萬斛塵此時端藉觀潮局賦詩拈鬮隨所欲堂題眉壽室蕙香依此命題便不俗

主人豪興寄毫端筆歌飛舞翻狂瀾詩成層層有起伏借此好作海潮看潮聲門外喧未已
天風蕩蕩雲烟起黃花冷豔鬥秋光荷塘敗葉仍出水上有疊石標枕流欲潔其耳孫楚儔
高臺一額署觀鈎彷彿曾與子陵遊亭名眞率近彭澤溝稱浣花欣有託一畦微聽菜根香
主人胸次具邱壑園西十二小洞天雙棲福地小神仙草閣梅亭工點綴板橋之下水涓涓
九曲迴廊繞園徑摳衣直上松蘿磴拜石臺前憶米顛萬壑松聲動淸聽螺峯缺處露半樓
月光隱約夕陽收四十四橋人不渡蘆花叢裏野人舟入眼風光成典實尙餘美景不勝述
座中騷客斷吟鬚如此歡場豈偶失一年纔一會一會必竟日不愁詩不成但恐歡娛畢嗚
呼人生能幾何年年霜雪鬢邊過明歲今朝還載酒園林景色共婆娑

陶巽人

一沙半水度鴻雁之流光淺渚平灘送鷺鷗之浮影張仲蔚蓬蒿滿徑開門惟對山
青白司馬楓荻漫天送客徒看月白是以達人必寄情於濮上窮士或見笑於蘆中
永叔雖足序聖俞之詩枚叟何能起太子之疾然或把茱萸而醉酒仍詢此會於明

年具雞黍而開軒待就故人之後約未免冒雪者過剡溪而興盡採藥者指天台而路迷人世纏綿幾人回首友朋祖餞三叠傷神況一石語狂祗供齊髡之大笑即十年夢覺已灰杜牧之虛名今菽莊先生以藏海名園極觀潮樂事此間東閣不勞官廨行吟高臥北窗何羨園蔬薄采足不經蜀道九折之坂目能窮齊州九點之烟聞之父老遊廈門者靡不詫徐福之神山安期之蓬島也先生所居曰鼓浪嶼宗少文若作何必乘風邴根矩好遊底須渡海昔人詠閩事者既豔羨九龍之御苑七娘之明溪探東華院裏之春撫惠利祠前之樹矣然而婆娑晚景多寄慨於漢南眷戀神州亦感懷於江左誰過孝王梁園之址誰訪庾信小園之居先生此園建之癸丑迄今辛酉蓋已九年聚族於斯歌張老之輪奐乃安斯寢詠小雅之秩干先生出行知必有九方皋相其馬也先生賞芳知必有九畹蘭紉其佩也若夫命儔歗侶廣坐傾談必且衡嶽之九煙同來曲江之九齡並集夫豈不知暮春脩禊端陽奪標三月何多望麗人於一水衆人皆醉爭競渡於同舟又如七夕之星聚雖慶鵲橋中秋之月

圓未尋牛渚無乃嬉春者對牡丹而惆悵評花者顧美人而徘徊先生曰嘻秋之爲
氣濯纓不遠披襟何悲與其爲寒食之禁煙不若標夕英之晚節與其歌洞仙之水
調不如徵秋士之芳辰誦佺期遼陽九月之詩征戍難禁憶遠讀子安蜀中九日之
作索居能勿工愁先生因是開章綴重九之樽成夷吾九九之算不啻嘯傲於龍沙
之上直疑眺登於熊氏之亭詩興若狂放歌相答則是會也既非依季倫之酒罰又
非張李愿之水嬉計到會者共八十一人大都即景拈題按體分撰驗之晉文十九
年出外之日落成在彭半之期例以潞國九十一入相之年集賢增拔十之數不關
羣季坐花爭桃李之芳非爲阿連春草入池塘之夢其間賦娵隅者亦稱名句步陳
思者更屬捷才字辨曹娥如射春燈之謎吉從蓍蔡似叶枚卜之占更有擅書樾者
拼工乎典册高文唱關西者忽試以曉風殘月或則誇子厚愚溪之記或則仿謫仙
鳳臺之吟或則詞抗蘇辛或則體工徐庾誠氣劘曹劉之壘亦價長薛卞之門譬喝
雉者轉苦得盧猶中眉者枉勞志目要使寺登塔頂得意獻上官之詩料無日湧海

門有客倩賓王之筆昔唐景龍三年中宗九日有幸臨渭亭詩召集百僚廣徵和作其時韋安石蘇瓌先成于經野盧懷慎最後又貞元四年文臣侍從和德宗重陽赴宴詩其時劉太眞李紓最優張濛殷亮等爲下若先生三九吟社商量舊學消遣濟時荀氏八龍卽名高陽之里錢鏐萬弩藉題刹那之潮固非類長爭辟滕汗流籍湜但使寫左江右湖之樂又何有王前盧後之譏誠哉風謝大王菊稱壽客已雖然宴六卿於溱洧但聯僑札之縞衣聚七賢於竹林惟縱老莊之襟帶故遠公社訂靈運至而眉攢燕市名騰茂秦擯而足褰甚有詩案蹇蝎宮之運西湖未許題襟文讌停騶從之車下里亦來挾瑟苟非士矜乎如鄉郎將禍肇乎吠厖先生懲怨語於爲箕賡友聲於伐木相公齗齂早荒半閒之堂吏部持螯願盡一生之興際此驩聯苹鹿味戀蒓鱸造臺者枉費三年面壁者奚勞十載想見聯翩海上成高山流水之音轉憐躑躅江頭增細柳新蒲之感僕秋聲賦作雁陣徒驚午夜膏焚雞鳴誰和雖異靈均庚寅之降幷無淵明甲子之編喜安車之就徵願吹竽而步後算是遙追東野擬

作爲龍千里之從曾當一識荊州再效倚馬萬言之試

荒園三徑秋風起卜居舊住柴桑里說到龍山落帽時孟嘉外祖差堪喜開卷高讀淵明詩九秋九日寄遐思癸丑誰辨義熙代辛酉空賦斜川詞我慕逋仙林君復園林藏海時遊目嬾向西湖訪鶴梅何知東晉怡松菊廈門對面浙江潮枚皋健筆雄且超子胥文種後先至浪鷗高拍白龍跳主人放聲一長嘯歡呼爾女呼同調誰具滕王閣上才落霞秋水誇年少座中海客談瀛洲或臥百尺陳登樓子荊枕流嚴瀨釣柳州泉石蠡湖舟某某浣花堂畔推詩伯某某牡丹亭上稱仙白聽松者誰三層洞裏人吹簫者誰廿四橋邊客諸葛種桑喜登場濂溪愛蓮翩升堂更有子猷看竹歌桃葉桓伊弄笛踞胡牀此會癸丑至辛酉今者八十磻溪添一叟二十四友金谷比肩隨四十二人蘭亭却步走主人擊鉢將詩催賓僚授簡鬭鄒枚崔顥樓頭謠敏捷閬仙月下費敲推奪標拔幟搜奇句登高多白誇能賦三載攻帷說不窺重來題壁談前度乃知九章九辨空悲秋歐九黃九許同儔即看嘯傲狂攜手何待歸來揷滿頭武公九十賓筵舉香山九老耆英侶便臻上壽期頤一百年那有希夷與彭祖彼

哉右丞谷弟心懸懸易安送外道緜緜客居惆悵思親日人瘦凄迷惜別天況復買山賒屋
爭奇價有酒無肴愁良夜地角天涯聚會稀滄桑陵谷風流謝君不見憔悴三閭屈大夫湘
纍九畹行吟孤洞庭始波木葉下閬風緤馬誰爲驅又不見杜陵三峽星河影夔巫九死憐
蓬梗茅屋經秋破不支萬間廣廈成虛境主人臥遊樂如何主人雄豪詩興多催花須擊汝
陽鼓壓日觴枕魯陽戈圜居三九成九九便從始有少有達富有傲彼江湖白首入招來風
雨黃花友賤子捧盈巵遙託微波辭權當呼嵩祝惜乏題餻詩古耆康強九五福逢吉洪範
九疇箕子述莫談宋代九淵九齡復九韶遑論張氏九鉞九鐔與九鎰東漢光武維將星[illegible]
唐貞觀繪書屏或則廿八雲臺功臣標傑閣或則十八瀛洲學士勒丹銘知幾明哲抽身早
連珠不如少微好舉目山河風景殊新亭望遠增煩惱何必宋公高登戲馬臺何必南齊侍
宴闢雞才何必唐代佩萸朝士贈何必魏文送菊素書來一般鴻雁遙馳翰屬國還鄉都尉
歎彼美聊伸樽酒情伊人還在蒹葭岸孰若主人酬唱揖來賓地有桃源可避秦黃河賭向
秋湖上不壽旗亭畫坐茵東林復社輕相詆耻爲七子爭端啟怕問黃帝八十一難經合仿

淵李三十六詩體粵稽文王辛酉呂尚立爲師景公辛酉熒惑歲星移今年辛酉卽是古辛酉燊牆千載慶良時更操豚蹄私效篝車祝萬家祈禱豐年卜化盡洪荒九載水滔滔九年預積餘三蓄從此蜃樓鮫市爭來巢魚鹽官府聯邦交招集韓潮並蘇海商量瘦島同寒郊描詩 慚媿生花筆坐對燈檠 棲斗室莫逢燕許豁心胸敢附陰何爭甲乙昨者馱囊緩步歸到門稚子候柴扉東籬誰復吾廬愛送酒誰家遣白衣

陶磨蝎

大王風雄披襟者快商婦江過衫溼者多同一秋也夜讀者胡爲而垂頭興高者胡爲而散髮蓋樹間聲作知音殊稀瓜下謎猜同氣彌篤余一弱女子鐍除春怨寂處秋閨弱柳陌頭早厭封侯之夫壻落花簾外不驚破夢之家山每值外子巽人契結苔岑賓招蓮社或警鳴雞於東方之曉或號寒蟲於東野之傍傲菊數枝荒籬半畝彼方漂麥我自灌園巽人時有酬唱社友詩余以金線壓人飛蓬沐首亦無以應也然而孫道絢水村山郭歌離索於秋風李易安寶枕紗厨透疏涼於秋簟非才如余

例之穀城之母則無征雁菩薩蠻之歌也比之明誠之妻則無重陽醉花陰之句也兼以黃昏梢頭之約見刺於斷腸青綾幛外之圍終窮於詠絮又不禁輟吟擱筆者久之自先生徵虞美人黃牡丹以來課中題名指僂難數亦間有婉兒之寸尺不妨效若蘭之廻文巽人一再奮飛余豈能重九雌伏是時葭琯之灰將動芸窗之線欲添巽人偕諸先生作當頭約者將以會赤壁而擬謀斗酒涉溱洧而藉賦同車余斯時方琢句苦搜置之不答竊謂薛稷千千之歷惟播誦於同官夷吾九九之籌徒竭思於權算彼過龍山登龍沙遊戲馬臺侑持螯酒者固已放階前盈尺之地吞雲夢八九於胸矣雖然破淚能作壯遊則九折之途已聞其叱馭繪水足窮遠目則九宵之志仍困於臥轅且留茅庵者先鎮玉帶之門遊桃觀者幾失仙源之路余觀坡仙抱卅九蹉跎之歎禹錫繞九廻紆曲之腸龍鍾未免就衰驪珠那能在握今先生藏海園之建從癸丑以至辛酉約已九年非章華宮成於楚子願與諸侯落之非范臺觴事於共公惟戀强臺樂也先生以重九主人作三九雅集今歲到者八十一人又

適符九九之數係廬陵之嗣裔者必將以歐九自誇爲山谷之後人者必且以黃九見重餘如金華之陸見者推爲九淵某公曲江之張望者指爲九齡名宿先生曰吾爲月旦之牛耳君等其效風送於馬當爰乃免園共集乎鄒枚雪宮樂招夫衍奭題橋之柱定詡登龍巢閣之桐亦誇集鳳若夫來草堂者多謂浣花復作賞竹樓者拜知投刺無須或則釣渭水之竿或則招瀛洲之客波恐迷於南浦洞幾誤於華陽下有蘆中人不妨喚渡高攀天上月何必移山而且瞻菜畦者慕諸葛種桑之高玩荷塘者溯濂溪愛蓮之說此石疑爛柯之石此灘非惶恐之灘好吟者懶問官廨之梅卜居者怕訪柴桑之菊主人眉壽主婦蕙香吾知遊斯園者當共以壽客相呼拌爭以香草同賦惜當時磨蝎未與斯會不克駕鵲橋之渡藉偷燕子之燈心爲羨之徒喚奈何而已然則此會也賦才洛水陳思王譜試他題謎句娀碑楊德祖能通隱語綴則擊以催花鼓亂則鎮以罰酒杯不分上下之牀何止東西之屋想見飛觴萬斝還勝觀濤八月之期待當成就十年合借作賦三都之手昔人談縮地之術成游仙

之謠探訪蓬萊搜尋海島者以斯園較之定亦笑元虛之幻誕直可召徐福以歸來也磨蝎蜷伏蓬門羈棲蘆閣箏竽下里已難吹楚郢之腔刀尺寒衣幸免種蓍葹之草茲值鍼綖閒情之暇聊續蕓砧韻事之餘先生廣集名流遙憐貧女其將嗤我爲筭博士耶抑將呼我爲女俠芭耶更將笑我爲駢拇指耶先生此會既异徒九老聯洛下之盟余亦何人奚敢望九人增邑妾之數選樓在望騷壇若狂媿非幔設宣文羅女弟於絳紗之右安得絹題幼婦賸洵美於彤管之詩

南湖歸隱張功父海鹽園亭卓千古溯從丁未逮庚申十有四年屈指數先生舊宅移孤山孤山梅鶴去不還郭索鉤輈詩在山陳迹無乃石頭頑浙江之潮看八月轂擊肩摩爭出沒不如閩水藏海園風雨坐聽猶未歇此園建自癸丑年今年辛酉還依然雜誌非溯癸辛事異代何題甲子編登高自昔誇能賦揷少一人客情訴此會明年健是誰故人後約期仍誤白衣送酒酒已冰黄花笑人人未興甚有客嘲賓戲詩湖海狂歌相答筆不醫主人家卽滕王閣主人客駕緱山鶴賓主觴詠菊酒天角巾烏帽憑他落邀彼孟嘉來招彼淵明陪大江

曲與蘇髯唱僻野門休蔣徑開某某追溯蘭亭實癸丑某某曠想渭濱傳辛酉脩禊曾說換鵝人釣竿亦載非熊叟今日會中九九八一人西伯東晉難等倫魏文書送知交菊張翰歸思故里蒓此園割占林泉好三神山下依蓬島浮邱袖與洪崖肩東方桃并安期棗我聞黃帝八十一難經巫彭方餌葆遐齡五官六相律十二更立九章算法測天星又聞宋高聖壽八十一臨安佳話人稱述但惜宣和年至紹興年一次賞功延至九次失黃農虞夏安在哉漢唐陵寢徒徘徊與其朝遊秦暮遊楚何如左持螯右持杯過江名士多如鯽賢豪百六遨徵辟太息新亭涕淚人神州滿目愁今昔彼哉仰山園記九尺高累卵臺說九層牢七穗圖呈難再見三年工苦爲誰勞桃花潭水深千尺荻蘆江上歎今夕十里邀他太白狂四絃觸彼潯陽客我知主人好客擘吟箋搔首不復問青天厭看上巳人多麗持比春申月更圓莫囊勿佩唐皇賜葦舟錯認王宏至頭插眞疑小杜狂靈餐別抱靈均致帝堯九載沓洪瀾永和九年限偏安幸無林澤舟鮫守且當閭門練馬看但惜士夫自古相輕薄黨持門戶風波惡詩案無端起蟄龍勢交轉瞬傷羅雀一頃之豆落爲箕兩道之博爭以棊未容青白稍分

華印務書局代印

眼留許雌黃說相皮終南捷徑臣門市蒹葭洄溯坐秋水否則東林將點累諸賢燕市社騰
爭七子主人深情託薜蘿比園安樂堯夫窩譬如遠公虎溪送三笑何有騷人鴆媒吟九歌
蘭葉葳蕤桂皎潔欣匕生意爲佳節一歲中逢鴻雁來大家不悵河梁別拙才慚非崇嘏黃
有茗難賦令暉香女冠笑倒遺山妹謝却纖塵落畫堂請溯金陵史誰住桃源裏治嶺三弓
孫子居蔣山半楊亭林址即如簡齋先生闢隨園柏亭柳谷判花軒世界詩鄉成一夢幾人
還識舊王孫主人三九集重九始有少有兼富有丙子年生送汝窮庚寅歲降非吾友當初
汴宋可山林西湖衣鉢滌煩襟獨自行歌梅花下黃昏抱月太消沉我喜主人宛在水中沚
瀟瀟膠膠鳴不已論文必招員半千聯句必尋楊萬里今者冬至謀歡娛宜繪消寒九九圖
憐他功父八十餘首誇傑作苦吟稿脫撚斷千莖鬚

附詩榜

甲選二十七名

陳還爽福州　倣帚江蘇　朱家駒奉賢　沈眉江蘇　郭慶江都　我園主人福州
天遺福州　吳樵笑福州　沈紹李江蘇　鄒酒匄梁谿　居庸過客察哈爾　何宗文永陽
林弢懽福州　笥笠山人羅源　晉江病隱泉州　介石道人泉州　劉逸園揚州　俞嘯琴虞山
昇文山人泉州　朱文柄浙江　王怡仲揚州　梅道人福州　陳桂琛思明　吳東園江蘇
施香沱漳州　陶巽人江甯　陶磨蝎女史江甯

乙選二十七名

靈籟江蘇　戴廻雲江蘇　楊陋菴江蘇　沈慕韓江蘇　釣龍客福州　沈永高郵
談瀛揚州　笙谿舊社南京　檀陰漳州　徐燮亭鹽城　陶隆僎南京　方澤久定遠
周元芝寶應　龔文清福州　王貴芳福州　時克昌浙江　吳清麗鹽城　黃作楷休甯
何希澄丹徒　雲生江蘇　錢賜宋武林　余瘦梅福州　畹耕泉州　鼓山衲如璧福州

得過且過福州　陳德麟福州　丁一士福州

丙選八十一名

李九星北京　梅花盦王揚州　刁起鳳鹽城　何良弼福州　陶花奴江甯　李逢辰福州
金華居士福州　王紹沂永泰　池紉綺福州　蘇守仁江蘇　味秋齋主人上海　陳寶懷福州
麓癯福州　介石道人晉江　吳莊嚴北埜　卓人福州　潘鶴青如皋　徐崧齡儀徵
雞鳴風雨樓錢塘　顧玉行蘇州　三山夢華居士上海　沈則琦寶應　蔡孟肇泉州　寒匏存叟山東
黃明叔眞州　秋衡蘇州　石潭漁隱揚州　黃平卿揚州　仙舫惡安　周竹谿漢口
滌藻江蘇　繡葆福州　黃瘦膝海陽　醉漢揚州　閔毓珍鎮江　吳東園古歙
袁晉和江蘇　方溉芝江甯　沈桐蓀盱眙　宋家鉢江蘇　穴衡江蘇　葬繭句容
陳海屋晉江　吳佩玉古歙　孔吟莪永定　胡士廉鹽城　胡讓之鹽城　鮑桂蓀古歙
張鳳娥揚州　劉宏武進　紉秋女史寶應　黃爾揚州　周心翼湘南　硯傭泉州
俠魂揚州　石匏福州　曹樹桐鹽城　慕之揚州　張應濱河南　詹鴻逵北京

平道人遼東 煦之鹽城 錦里書生晉江 方燕宜寶應 瘦山鹽城 嚴蓀北京

游惰氏泉州 趙九莊丹徒 九日題糕客揚州 劉適農揚州 雲谷道人古歙 巴澤惠山東

譚亦韓揚州 沈烈謨合肥 醉儂揚州 氷壺福州 龔穀成無錫 劉伯鎬福州

沈賢襄寶應 黃穎齋上海 吳雁峰永定

丁等三百名

劉大烱福州 顧玉行吳江 瘦西湖釣客揚州 榕垣本恨人福州 謝育賓揚州 鮑蘋香伍祐

劍雖女士福州 吳清麗伍祐 戴蘭人江蘇 胡讓之楚陽 堅匏子南京 紫藤老屋順德

煦之伍祐 沈浩然江蘇 鄭元鼎福州 半吟草堂江蘇 吳毓生伍祐 夏濬人江蘇

施氏八郎石渠 汪誠一徽州 燕城瘦鶴揚州 惺園莆田 舒昌森蘇州 張博齋鹽城

張泰然餘姚 邱韻香鼓陽 陳斗生莆田 冷鐵廈門 郭子芳 城南逐吏揚州

高乃超揚州 陳琴仙伍祐 江世煇漢口 黃建勛揚州 狄郁文北京 陸法三蘇州

林笏臣浙江 曾鴻燊廣西 沈家駒天津 借憩軒泉州 蟄廬主人泉州 張錫芳江都

翁仁同福州　林晚悔福州　陳延鍪江蘇　桃花源裏人揚州　錢駿祥嘉興　老學究皐江

吳清麗伍祐　吾省揚州　怡軒大郎　懶眠主人江蘇　謝莘昌丹徒　張士安江都

姜淑英漳州　池尾三郎日本　倪蠖公揚州　程舫汀安慶　天用蘇州　周天翼揚州

鳳浦釣客漳州　彝九江蘇　曹岱龍北京　鷺江倦客廈門　求愚江蘇　陳國蘭浙江

梅隱鹽城　不倒翁福州　瘦公福州　黃鼎銳儀徵　劉稚樵江蘇　王秉衡泰縣

程芳亭安徽　汪毓英歙縣　鷺水狎鷗翁廈門　閔少希鎮江　蘇紫蘅江蘇　荆鳳岡丹陽

曲江花史鹽城　馮有翼湖南　箕談伍祐　趙實昌江蘇　許瘦蝶江蘇　菊隱江蘇

鬘陀室主揚州　鮑春藻鹽城　髯翁揚州　笑俗樓主鹽城　姜子臻高郵　屠泉孫揚州

邵恆江蘇　姜駢卿高郵　阮養九鹽城　夏光國鎮江　陳捷克福州　李芬高郵

王瘦梅揚州　宋達權高郵　吳我相泰縣　楊碧珠伍祐　張蟄公蘇州　李賡揚福州

徐公修莆田　汪吟龍安徽　幼蒓甫江都　黃鍾英揚州　黃庭伍祐　吳東園伍祐

薛雲樵鎮江　于燕伯泰縣　錢兢五江蘇　宋芳潤松江　陸元成泰縣　劉肇燊六合

荆鳳岡 丹陽　丁亥生 揚州　師竷安 江都　孔吟栽 永定　孔聽泉 永定　朱心安 吳江
檀鶴皐 漳州　施又森 福州　汪韻琴 上海　醫隱 江蘇　張嘉樹 揚州　周芷蘅 揚州
彭閬雲 武昌　氷心主人 揚州　老漁 揚州　晚香吟室 揚州　俞溢中 高郵　姚體仁 揚州
丙辰生 鹽城　如心 厦門　獨醒 揚州　天倪子 揚州　鮑秋白 伍祐　吳絳珠 伍祐
城北瘦生 揚州　吳心齋 厦門　殷婉芬 揚州　周肇鼎 泰縣　李培鴻 麻城　汪遠翥 吳縣
陳一倫 泉州　醉月軒主人 揚州　醉雲軒主人 東台　澹如居士 鹽城　乃禾 閩城　錢鴻文 福州
吳鷗賢 漢陽　壺匏　林季常 福州　無姓名 厦門　也是詩人 伍祐　甦廬 福州
儼葊 泉州　陳炘侯 福州　哲菴 羅源　汪周原 桐城　陳嵐岑 泰縣　周蓮翁 江蘇
舞則沙 福州　胡雲漢 寶應　支離叟 泗水　黃公敏 眞州　陳其灼 漳州　宋汝璋 南京
陳篤霖 福州　羅志安 廣東　江西贅叟 福州　顏冠玉 厦門　孫沂 濟南　王鏡如 泰縣
姜芾棠 高郵　周筠坡 江蘇　王靜廬 泰縣　翁仁同 福州　鬘滨女史 濟南　馮湘泉 松江
胡讓之 鹽城　懶漢 揚州　陳植滋 伍祐　趙永年 眞州　梁步雲 順德　可立 福州

彭唐卿建安　蔡選青江蘇　謝蓬仙兩淮　楊枝巢南京　劉茂寅漢口　張大藩泉州
吳承烜伍祐　張藎臣揚州　宇涵伍祐　曠世斌湖北　吳佩江兩淮　劉筱竹湖北
東園伍祐　寒鴇蘇州　少彭伍祐　雲林舊館主揚州　廖季延順德　陶秀夫南京
瓊江退叟福州　王景岳江蘇　翁仁同福州　陸儕佩蘇州　鄭危人福州　謝玉冰江蘇
朱壽芝吳江　唐書樵湖南　陸戒忽蘇州　長恨生揚州　畹芬女史寶應　李鳳書江蘇
廬山後人鳳門　炎炳揚州　寒匏道人山東　守欽廈門　鷺江釣客廈門　夢癖泉州
丕欽泉州　林樹源莆田　吳召永定　螺江逸叟廈門　小幻泉州　幕寒揚州
許淸溧陽　醫隱鹽城　盧侶卿順德　林芳女士福州　施秀峯吉安　麥覺民順德
韋沛霖東台　李湘蘅泉州　姜文輔九江　趙揖山揚州　樊遇琳北京　馬錫麟高郵
于師曾羅源　仲英揚州　馮華夷丹徒　恨生揚州　揚州瘦穀揚州　醉蝶鹽城
程守程湖北　巴鄭瀓揚州　閔滌晨鎮江　程士型滁州　閔金禾鎮江　眞州紫驤揚州
謫生揚州　鮑耀林江蘇　阮堉紹興　醉蝶東台　丁卓異廈門　汪詠芹休寧

吳綘珠伍祐　無渾健子福州　李純盦福州　高瓊揚州　田蓋臣江都　張紹存安徽
汪熙浙江　王桐岡揚州　高文藻福州　翁守藩古田　雷作霖甯化　趙光榮丹徒
吳懿人福清　劍南揚州　幔公建甯　戴廻雲江蘇　黃壽人上海　繡佛揚州
老鳳揚州　章兆直南京　桂孫歙西　還淚揚州　陳羹梅揚州　惜餘春主人揚州
王桐岡揚州　夏餘慶南京　張瀛山永定　廖越之永定　刁明湖鹽城　阮石泉鹽城
張守甫海陵　邱韻香霞陽　烏託軒主北京　愧山泉州　魏師尚福州　王瘦梅揚州
大江東去福州　邵佛舲高郵　胡士廉鹽城　俠客上海　端士湖北　謝磬昌揚州

甲選二十七名各贈書劵銀九元乙選二十七名各贈書劵銀四元丙選八十一名各贈書劵銀二元乙選三百名各贈書劵一元原擬選甲乙丙三等因投稿達一千餘卷佳作越額故增錄丁選三百名以上贈劵希將勘合寄至福建厦門鼓浪嶼菽莊吟社支領以外各卷各贈詩錄一册俟印竣分送原卷恕不奉還

蔽莊夢中得句唱和集

王冕以詩夢乃在孤山處士而和靖夢中之詩不傳戴復古云
江山花草生詩夢予觀藏海園固已盡江山花草之勝矣而君
又爲孤山後人宜有夢也昔之詩人多有詩夢靈運之池塘春
草太白之夢遊天姥皆夢後得詩非夢中詩也東坡夢得詩數
十篇覺僅記一首而放翁前後夢得詩者三甲子十月夢飲酒
賦詩覺僅記一二後復夢李知幾范至能諸公請賦詩覺而僅
忘一二字惟丁巳夢至鳳山賦詩覺則不遺一字去歲菽莊夢
得詩一首覺僅記兩後風輕入望涼之句遂續成四首徵同人
唱和今夏予重來鷺江菽莊招飲賦詩予先至客尚未集見同
年汪君杏泉案上有菽莊夢中詩句倡和吟草一集予維古之

詩夢惟陸爲最多今備載渭南集中而菽莊主人之詩視務觀亦不多讓而務觀爲古今詩中第一壽人菽莊之壽當必有過之者矣但務觀生平雖獨享詩人之福而南園東泉記見譏清議晦翁憂其爲有力所牽挽不得全其晚節何如先生於改革之後遯跡園林不樂仕進其詩福不讓渭南詩品又在渭南之上是誠無愧孤山處士者也菽莊詩侶日多詩學日上異日全集梓行當必風行海內而酬唱一集特其嚆矢耳爰僭數言以弁其首

壬戌八月社小弟陳海梅序於鷺門庽次

菽莊夢中得句倡和集

夢中得詩一首醒後僅記雨後風輕入望涼七字因足成七截四首

林爾嘉菽莊

雨後風輕入望涼江天一角寫晴光四山寂靜濤聲壯獨立平臺待夕陽

微雲低抹暮山蒼雨後風輕入望涼行過橋欄四十四懸崖吹下草花香

亭眞率見人眞率閒坐微吟長抱膝雨後風輕入望涼江灣盡處孤帆出

大海依然袖裏藏一園深閉日舒長開軒恰對雙峰塔雨後風

輕入望涼

閩侯 陳海梅 香雪

雨後風輕入望涼滄波一片寫詩光黃昏滋味無人領獨倚橋闌看夕陽

晚山塔外遠煙蒼雨後風輕入望涼追憶去年消夏到吟餘飽啖荔支香

高賢不任人牽率嘯侶清譚常促膝雨後風輕入望涼洛波時見沙鷗出

搆得園亭迹自藏得專一壑趣尤長海天無際詩心濶雨後風輕入望涼

閩侯　陳培錕韻珊

雨後風輕入望涼夢中詩句似池塘無人識此佳滋味祇付江天寫夕陽

一亭草創水中央雨後風輕入望涼獨喜二更人語靜微聞藕葉倍花香 荷塘

蚊蠅擾擾爭白日坐不設牀一虛室雨後風輕入望涼四溟畫裏孤舟出 談瀛軒

四四橋闌似曲廊左山右海卻深藏最宜竚月開軒處雨後風輕入望涼 四十四橋

陳望曾揧盦

風廻水閣漾輕涼滃靄初晴欲放光自續西堂夢中句卻懷小隱寄華陽

倚玉蒹葭老更蒼相違九度易暄涼分甘且自壽前約南海今年荔又香

光霽襟懷常坦率興來迴擁長吟膝謝家池館足延涼景在詩中如畫出

洞天有地任韜藏靜裏方知道味長蝶夢蘧乚初醒後此心何處不清涼

閩侯 林 蒼天遺

雨後風輕入望涼海山數點水中央幽人睡起渾無事獨倚闌

千逕夕陽

滄溟一片渺何鄉雨後風輕入望涼寫出十分空濶意詩家秋思落南荒

人生一夢移時老只有眼前光景好雨後風輕入望涼分明身在蓬萊島

七字何人曾斷腸吾宗處士最堂堂他年海內傳佳句雨後風輕入望涼

閩侯 吳炎南 樵笑

雨後風輕入望涼鷺門十里好風光夢中得句殊清絕知有秋心隔髗陽

華洋印務書舘代印

雨中曾見海山蒼雨後風輕入望涼卻被先生詩道出當時但欠藕花香甲寅秋仲停舟鼠門擬謁先生以遇雨不果天晴解纜縱目舵樓微颸送爽俯仰爲快誠有如先生所云者

詩人作詩畏牽率卽景翛然抱吟膝雨後風輕入望涼幾篇足成海月出

入海成城中甃自藏三山青翠遶城長登樓昨日逢秋霽雨後風輕入望涼今夏賃居城東鄰院有樓一楹四望寥豁入秋新雨晚晴登眺覺南風習習滿目清涼意爽如也

閩侯　陳福敳　還爽

雨後風輕入望涼晚來詩思滿江光分明一幅天然畫好手何須倩白陽

靈巖終古鬱青蒼雨後風輕入望涼料想山人延竚處一時花
草發幽香

平生不受人牽率自向閒軒談促膝雨後風輕入望涼肺肝竹
石槎枒出

景物園中無盡藏冰牀滋味晝方長揭來佳句喧傳遍雨後風
輕入望涼

江蘇　吳承烜　東園

雨後風輕入望涼夏山如滴溼嵐光海濱葵藿知多少到處傾
心向太陽

鶴汀凫島鬱蒼々雨後風輕入望涼四十四欄閒倚遍滿衣花

氣綺羅香

天宮昨夜探兜率曉夢未離金夾膝（借句）雨後風輕入望涼一丸紅日扶雲出

世界壺中粟粒藏涵虛水遠接天長囂塵洗盡無煩熱雨後風輕入望涼

前人

雨後風輕入望涼披裘五月傲嚴光平臺低處臨滄海一綫濤頭送夕陽

晴嵐四壁轉青蒼雨後風輕入望涼隱隱飛橋欄卌四山花澗草發幽香

林亭我欲尋眞率詞客晤談頻促膝雨後風輕入望凉雙峰塔
白雲中出
金碧樓臺霧半藏陰陰蜃氣海天長碧瀛萬里帆飛渡雨後風
輕入望凉

前　人

雨後風輕入望凉洞庭波始混湖光戰雲一抹天如墨有客登
樓話岳陽
山川武漢鬱蒼蒼雨後風輕入望凉鄂北猶留乾淨土柴門臨
水稻花香
干戈滿地輕連牽羽檄交馳忙脚膝雨後風輕入望凉將星光

黯妖星出
信有豐城寶劍藏氣衝牛斗楚天長洗兵待挽銀河水雨後風
輕入望涼

前人

巢父巢居自多樂地壺公壺隱自適性天鹿門爲偕老之鄉龐家眷屬蟹舍即釣游之所張叟生涯一舸鴟夷五湖鷗夢煙波遯跡泉石忘機海立山飛六鼇策下峯回路轉萬象在旁不亦康乎何其大也吾想菽莊主人受書而拜長恩度曲而呼大拾涼生詩夢乞趾離助我之靈遠結墨緣有謝朓驚人之句投桃報李永好之情訪藕尋蓮大同之量仿轆轤體例儼如意指揮

四疊霓裳七襄雲錦既見青霞之氣又聞白雪之歌烜念六十年中猝逢知己在五千里外敢賦由庚東野爲雲昔日傾心相向南樓望月何時攜手同行老耄無能期攀有道雖則神交水淡庶幾弘奬風流視勿弁髦倡予和汝言將冠首合衆樂羣其詩曰

雨後風輕入望涼德星聚處有輝光鄧林不與戈同化逐日憑誰問魯陽

白衣變幻暮雲蒼雨後風輕入望涼四十四橋欄已盡蠻花犵草散天香

雅人高致情纔卒仙藥借鋤斸牛膝雨後風輕入望涼煙鎖四

壁青山出

螭殿龍宮霧裏藏雙峰塔倚海天長厦門十萬三千頃雨後風輕入望涼

前人

雨後風輕入望涼好山好水好時光逋仙別有恒春室瑤草琪花日載陽

茶煙絲颺鬢毛蒼雨後風輕入望涼鶴夢清醒塵夢濁藥籠新製返魂香

林泉養望驕連率願逐漁樵泥濺膝雨後風輕入望涼青峰劃破飛泉出

信有蛟龍洞窔藏自來源遠始流長輸他一指齊天地雨後風輕入望涼

前人

雨後風輕入望涼山中日月煥重光是誰海國雄爭長累我時時說李陽

四山柏翠夾松蒼雨後風輕入望涼待奏九天鈞一曲仙巖遇否段安香

測蠡未許操觚率戲水六龍齊擁滕雨後風輕入望涼閒雲巒岫無心出

萬物苞苴萬寶藏菁華薈萃歲年長海門一束乾坤小雨後風

輕入望涼

前人

雨後風輕入望涼興來潑墨揚銀光唱酬詩句抄多少紙價遙知貴洛陽

鷺江閩海鬱蒼蒼雨後風輕入望涼太僕板橋舊時墅楹書猶染綠芸香

求工文豈操觚率高士耽吟惟抱膝雨後風輕入望涼長笛一聲明月出

歎歲憑誰話蓋藏手中物短怕鑱長填胸塊壘應澆盡雨後風輕入望涼

前人

雨後風輕入望涼空中飛輦走雲光夢游西母東王戲玉宇靑琳赤水陽

仙山天外插摩蒼雨後風輕入望涼花氣滿衣渾不覺濃薰金鳳瑞麟香

天宮鈴塔思兜率新月如茲師曠膝雨後風輕入望涼彩雲開處三山出

藕帕金丹幾粒藏壽延十二萬年長蓬萊島是神仙窟雨後風輕入望涼

江蘇 吳清麗 又園

雨後風輕入望涼江山如畫寫銀光船從鹿耳礁邊過榔葉帆
飛閃夕陽
纖雲散盡見穹蒼雨後風輕入望涼何處芙蓉何處嶼萬花灌
錦水生香
山菘野草歸勾率樵褐短長披榼膝雨後風輕入望涼一輪明
月斗東出
跨海垂虹見欲藏橫空四十四橋長園林一碧山如沐雨後風
輕入望涼

江蘇 吳蕊先 絳珠女士

雨後風輕入望涼碧漪萬頃浸霞光余從井底觀天久怕聽蛙

鳴說子陽

蒹葭中沚溯蒼乜雨後風輕入望涼料得水亭銷夏處羅衣新換更添香

五星推驗先金卒幾疊陣雲龍接滕雨後風輕入望涼一聲雞唱日初出

卅四橋欄彩蝀藏海天空濶海山長蜃中樓閣知多少雨後風輕入望涼

江蘇 鮑蘋香 秋白女士

雨後風輕入望涼花甎量處界晴光儂家亦有恒春室每到題襟日載陽

四山雲散見穹蒼雨後風輕入望涼冰簟石牀棋一局閒來悶撥鴨鑪香

天宮第二爲兜率同詠霓裳時抱膝雨後風輕入望涼蛾眉新月穿花出

美玉無嫌蘊櫝藏山中不覺歲年長纖塵一點飛難到雨後風輕入望涼

江蘇　鮑祖德　桂蓀

雨後風輕入望涼簷牙幾點露晴光偶從百卉叢中過惟有葵花盡向陽

苔痕四壁色青蒼雨後風輕入望涼寶鼎一鑪簾一桁晝長焚

盡海南香
九重天有宮兜率屋小如舟儀容滕雨後風輕入望涼晴雲捧作晴曦出
美玉良珠櫝韞藏青城赤縣歲華長叢林不畏炎蒸氣雨後風輕入望涼

前人

雨後風輕入望涼神山滴翠潑嵐光晚來極目江天遠一片晴霞襯夕陽
喬松千古鬱蒼七雨後風輕入望涼花氣襲人勝蘭麝隔簾透入十分香

雙峰塔聳幾勾牽戲水六龍齊屈膝雨後風輕入望涼一彎新月鉤魚出
雲到山腰一半藏橋欄四十四弓長平臺竹木無炎暑雨後風輕入望涼

江蘇 陸寶樹 枝珊

雨後風輕入望涼遠山如畫鬱嵐光橋欄卌四柳陰碧一片蟬聲亂夕陽
海山到處總蒼蒼雨後風輕入望涼采得芙蓉歸遠嶼畫船鼓枻浪花香
金尊酒滿情豪率傾座高談相促膝雨後風輕入望涼笛聲催

月峰頭出

滄海茫々一粟藏壺中日似小年長仙家合住蓬萊島雨後風輕入望涼

前　人

雨後風輕入望涼三山縹緲接天光不知何處神仙侶欲乞長生問紫陽

飛鷗點點暮天蒼雨後風輕入望涼洗酌開軒邀月醉蘭陵美酒鬱金香借句

蕉衫葵扇人疎率小小茅亭坐容膝雨後風輕入望涼帆拖溼翠衝煙出

巧囀黃鸝幾樹藏畫橋閒倚曲欄長晚霞一抹平汀外雨後風輕入望涼

江蘇 俞瑱 毓奇

雨後風輕入望涼悠然雲影共山光坐移小榻槐陰裏聒耳一蟬噪夕陽

煙凝蘚石轉青蒼雨後風輕入望涼煩暑盡消塵盡息時聞陣陣芰荷香

科頭跣足殊真率鎮日長吟閒抱膝雨後風輕入望涼嬾雲在岫無心出

莊蝶一雙花底藏追尋詩夢話來長淸吟喜得蟲聲伴雨後風

輕入望涼

江蘇　胡士廉　讓之

雨後風輕入望涼詩情畫意董香光翠微轉出殷紅色一片疏林挂夕陽

懸崖萬仞聳摩蒼雨後風輕入望涼犵草蠻花爭嫵媚一時獨占海南香

雙峯塔對亭眞率雲陣六龍齊屈滕雨後風輕入望涼一丸紅日扶桑出

萬寶都歸洞府藏欄橫四十四橋長菽莊別有一天地雨後風輕入望涼

雨後風輕入望涼七言詩寫紙銀光江山夕照增淒感那得揮戈有魯陽

江蘇 朱家驊 雲遠

莫將朕光叩蒼七雨後風輕入望涼好比逋仙湖上住萬荷圍繞萬梂香

溫公洛社會眞率陶潛歸隱安容膝雨後風輕入望涼有時閒雲岫間出

大海鵬搏霧豹藏斯人出處意深長讀公好句如圖畫雨後風輕入望涼

江蘇 朱家駒 若昂

雨後風輕入望涼華胥詩界好風光夢回七字勝吐嚼天籟依稀韻七陽

山容海色併蒼乚雨後風輕入望涼着箇園亭龍背上浪花吹舞亦天香

道秉太極性是卒晦明風雨匡廬膝雨後風輕入望涼一髮中原秦華出

有客編詩號海藏謂鄭君孝胥讀君四絕並優長南天佳句流傳遍雨後風輕入望涼

江蘇蔣瘦石南沙

雨後風輕入望涼煙波渺乚映霞光動人離思愁無那衰柳哀

蟬滿夕陽

蒹葭秋水溯蒼蒼雨後風輕入望涼卻喜殘荷留幾柄夜來浸透一池香

胸懷落落情 粗率夢裏吟詩時抱膝雨後風輕入望涼月明如洗扶雲出

入海茫茫一粟藏新詩遙寄感情長白雲紅樹秋如畫雨後風輕入望涼

江蘇 顧邦瑞 亮臣

雨後風輕入望涼濃青滿郭潤山光門開鹿耳波濤遠一帶帆檣鎖夕陽

長天秋水色蒼〻雨後風輕入望凉倚遍橋欄四十四芙蓉嶼畔送新香

襟懷灑落情眞率醉酒狂吟時抱膝雨後風輕入望凉一輪皓月林端出

世外桃源獨退藏先生豪興海天長厦江萬頃空無際雨後風輕入望凉

江蘇 徐公修 愼侯

雨後風輕入望凉山城一碧溼嵐光天然寫出龍眠畫林際依微漏夕陽

澄江如練暮煙蒼雨後風輕入望凉別有聞根清絕處鷗邊吹

到白蓮香

呼朋結會名眞率小築易安僅容膝雨後風輕入望涼少焉明月東山出

世界須彌芥子藏蓬壺歲月自緜長椶鞋桐帽芭蕉扇雨後風輕入望涼

江蘇 吳 卓 競存

雨後風輕入望涼海天空闊漾波光幽居隔斷紅塵路百尺樓頭挂夕陽

螺峯點翠暮天蒼雨後風輕入望涼漁笛數聲渺何處凭欄遥送芰荷香

忘機鷗鳥情眞率相對長吟獨抱膝雨後風輕入望涼海帆一片雲邊出

身似蛟龍島嶼藏碧天如水水流長閒持團扇苔磯立雨後風輕入望涼

陝西 劉霞舉

雨後風輕入望涼遠帆如鷺映天光忽驚萬里翻紅浪孤嶼欲然對夕陽

遠山如岸橫蒼匕雨後風輕入望涼對港朝來漁艇過鄰家煙上蟹蝦香

琴書亂置趣眞率萬變靜觀獨抱膝雨後風輕入望涼雲垂海

面蛟龍出

傍海林園深閉藏橋欄四四横空長閒來一日幾回過雨後風輕入望涼

江蘇 敲月 鑄島老僧

雨後風輕入望涼佛頭山色靄青光雙峰知有凌空塔一片鈴聲墜夕陽

懸崖峭壁認摩蒼雨後風輕入望涼流水自流機不競心清聞得木樨香

非非想到超兜率第幾天宮容兩膝雨後風輕入望涼蓮花一朵火中出

東海山曾袖底藏鷗鷺杯渡戾天長平臺四面濤聲亂雨後風輕入望涼

晉江 蔡壽星 樞南

獨立平臺待夕陽海潮汩七山蒼七俗塵到此撲三斗洗眼來依雲水光

主人落落自瀟灑獨立平臺待夕陽一角洞天容小隱板橋莫問舊滄桑

長橋隱隱渡月來怪石棱七刺波出獨立平臺待夕陽萬慮俱澄絕牽率

爲有西堂愛弟長夢中春草滿池塘（余在香江主令弟季丞家夙諗二謝才華具有家法）

何如佳句醒來得獨立平臺待夕陽

晋江 黃　鶴 師竹

雨後風輕入望涼晴雲披絮露深蒼晝長無事呼黃嬭睡起凭闌眼飽嘗

滿園新綠唾生香雨後風輕入望涼一片鳥聲如玉碎喧晴緩緩度虛廊

市聲嘈襍隨潮至隔岸人煙熏欲醉雨後風輕入望涼蕭疏車馬晨星墮

海水經炎似沸湯況居鷺島屬蠻荒天衢幾日廻羲馭雨後風輕入望涼

海澄 馬祖庚 亦籛

雨後風輕入望涼千波亭影浴波光行來四十橋邊路碧樹垂
垂盡向陽

池塘春草自青蒼雨後風輕入望涼沁我詩脾知幾許藕絲冰
水齒痕香

名園闢地皆親率三徑盤桓審容膝雨後風輕入望涼靜看遠
岫孤雲出

晉江 龔顯燦 仲謙

海濶軒孤傍岸藏攤書日似小年長游山一枕詩魂活雨後風
輕入望涼

雨後風輕入望涼微雲散盡露清光科頭坐覓閒中趣無數飛鴉影夕陽

四圍山色莽蒼蒼雨後風輕入望涼數遍橋闌閑徙倚遊魚爭唼落花香

是亭與人俱眞率素心二三時促膝雨後風輕入望涼背人明月山坳出

自著新詩一卷藏壺中舒嘯日方長竭來領略山林味雨後風輕入望涼

晉江 施乾 健菴

吟心寂靜夢魂涼彩筆千霄夜有光一例古今雙斷句催租詩

興敗重陽
無際雲山渾莽蒼北窗高臥颯風涼何時天與生花筆一枕詩
成夢亦香
前身應是居兜率粱父吟成長抱膝鼙鼓聲中景物涼蒼生渴
望斯人出（謂前卻陳鏡存之聘）
卜居何事問行藏宏景山中歲月長爲告香山舊吟侶而今居
士號清涼
雨後風輕入望涼長天帆影漾江光頹然一覺羲皇夢蟬曳殘
聲送夕陽
樓臺罨畫海山蒼雨後風輕入望涼覓句橋闌閒徙倚千波亭

外浪花香
嗟予人事多牽率慚愧斷鳧續鶴膝雨後風輕入望涼快睹驚
人妙語出
康節行窩且退藏渾忘夏日小年長洞天福地饒清景雨後風
輕入望涼

思明　黃鴻基　繩基

雨後風輕入望涼晴霞紅映竟天長觀濤臺上還觀日卻笑烏
踆比我忙　觀濤臺
閑尋澥客話行藏雨後風輕入望涼坐對譚瀛如讀畫隔江一
抹遠山蒼　譚瀛軒

率眞人築亭眞率得此徜徉常竟日雨後風輕入望涼一聲欸乃滄波出眞率亭

觀菊也曾過菽莊聽潮樓下萬花黃一天秋意如人淡雨後風輕入望涼聽潮樓

晉江 陳蓁 幼輿

前身居士合清涼嘯傲林泉愛景光樾蔭千尋曾託庇渾忘大地有驕陽

年來鬚鬢盡蒼乜無處趨炎况避涼笑煞寒酸好滋味清茶淡飯菜根香

鷺江鐘社歸提率燕尾蜂腰兼鶴膝壇坫清風分外涼掃除糠

粃精華出

華胥國裏寄行藏一枕淸閒引夢長續得新詩堪入畫竹深荷淨共乘涼

夢蝶樓主

散步林泉趁早涼滿身花露映晨光　避炎不入濃陰處欲效葵傾只向陽

林花紅落徑苔蒼小隱江邨納午涼爲愛淸流君子住臨風領略藕花香

梵宮曾記居兜率禪榻談心頻促膝縷縷煙茶話晚涼佇看上方初月出

熱鬧塲中且息藏任他飛短更流長心清萬事無牽掛合眼不眠貪夜凉

晉江 施士洁 澐舫

頭銜居士署清涼十載江干老務光不分相逢青眼客林泉中有郭汾陽

三淺桑田兩鬢蒼頭銜居士署清涼譚瀛藏海都游偏獨對寒花惜晚香

白傅海山望兜率輭紅無地容吾膝頭銜居士署清涼火宅笑看蓮湧出

芒鞋五岳負昂藏昏嫁何時了向長差幸洞天賦招隱頭銜居居

士署清涼

龍溪 南安 汪春源 杏泉

小築亭臺好納涼嵐光面面映波光輞川別業平泉記閒坐吟詩對夕陽

青山入畫色蒼匕紅藕方塘半畝涼記得張燈花似海年年祝嘏酒尊香

繼軌溫公會眞率名園容得詩人滕桃源小隱占清涼安石經綸胡不出

太好園林大海藏千波渡月臥虹長羨君梅鶴逋仙眷管領湖山一味涼

晉江　蘇大山　蓀浦

雨後風輕入望涼園居九十好春光桃花一角橋西路最愛詩情近夕陽

波廻大海莽蒼蒼雨後風輕入望涼倚定談瀛軒外立靜中聞得藕花香

故人貽君印眞率（文三橋有舊刻眞率盦印并銘同安李盧谷得之復囑其戚鈍重父爲摹刻後歸同里高君振聲以貽主人適眞率亭落成亦一時佳話也）以銘吾亭容吾膝雨後風輕入望涼

蟬聲破綠秋林出

小隱身仍人海藏冬籬日爲看花長（天南十月菊花始放蔌莊花事一冬爲最也）捲簾菊淡天逾淨雨後風輕入望涼

衡陽 沈琇瑩 琛笙

洞天深處午陰涼一角山光接水光夢裏裁詩謝康樂醒來拜石米襄陽

側側風搖玉佩蒼洞天深處午陰涼維摩吟榻忝三昧座有蓮花自在香

勝會何如續眞率雲根一几聊容膝洞天深處午陰涼栩栩七穿花雙蝶出

臥遊圖畫好珍藏世外桃源甲子長獻壽羣仙醉蒲酒洞天深處午陰涼

晉江 莊善望 遠卿

雨後風輕入望涼拾來佳句黑甜鄉依然謝客西堂夢鼓吹青蛙草滿塘

山光水色補詩囊雨後風輕入望涼一嶼青螺鷗鷺外歸帆葉葉帶斜陽

吾廬可愛堪容膝涉趣園林長夏日雨後風輕入望涼一蟬聲度槐陰出

楸局消閑興味長不知瀛澥種紅桑茆亭客話荷深處雨後風輕入望涼

晉江 蘇鏡潭菱槎

倦客荷衣一扇涼嶺雲江雨刷秋光何日山公舊池館載歸酊

酩向高陽

遙天嵐樹起煙蒼倦客詩痕一笛涼十二樓臺人醉後倚欄飽噉荔支香

閩南大雅公倡率再拜琳瑯屈吟膝倦客清尊一葉涼讀罷明霞剪江出

皂帽遼東學退藏壺天日月醉鄉長棋聲永院桐花落倦客秋心一枕涼

晉江 龔顯鵬 一愚

雨後風輕入望京熹微晻暘透晨光晃巖寺裏鐘初動花木長春盡向陽早涼

健人夏午老松蒼雨後風輕入望涼高臥羲皇千載上醒時聞送芰荷香午涼

晚來習靜自夫卒閒對秋籬盤坐膝雨後風輕入望涼瘦影窺人鉤簾出晚涼

星斗羅胸夜氣藏倚虹舞劍嘯聲長平分四四橋邊月雨後風輕入望涼宵涼

同安 葉伯埜 少芳

雨後風輕入望涼水光淡蕩接天光夜來有約看明月先上平臺送夕陽

四圍山色鬱蒼蒼雨後風輕入望涼蘆淑飛花隨水出枕流石

畔晚潮香

閒來獨步登眞宰學坐跏趺雙抱膝雨後風輕入望涼歸根息息聲不出

四十四橋鏡裏藏倒看影比側看長亭臺點綴秋如畫雨後風輕入望涼

雲宵 陳茯園 雲水

雨後風輕入望涼乾坤淨洗一番光白雲是處仙鄉近欲把丹書問伯陽

鷺江水碧鷺山蒼雨後風輕入望涼惆悵舟師人去邈爲誰蘭芷薦馨香

侶蝦友鹿笑粗率勝似人間行屈膝雨後風輕入望涼閒雲野鶴不時出

寂寞魚龍各遁藏投竿海岸歲方長煙霞合與消詩酒雨後風輕入望涼

前人

雨後風輕入望涼酒痕襟上染江光我來正值鱸魚美聊逐鷗鳧鷺水陽

海門佳氣鬱蒼蒼雨後風輕入望涼欲訪幽人驚晚節月明千里寫心香

屢開勝會追眞率酒賦琴歌欣促膝雨後風輕入望涼玉壺倒

瀉冰心出

世外桃源堪隱藏洞天髣髴石梯長吟魂饒有瀟湘意雨後風輕入望涼

揚州 王承霖 疑盦

雨後風輕入望涼夢中吟筆吐奇光徧教海內同聲和紙價端應貴雒陽

鷺江東去海山蒼雨後風輕入望涼二十年前板橋墅追思舊澤有餘香君有故園在台灣名板橋別墅尊翁時甫太僕所手築也

人居儷境疑兜率蕉舞西園花繞膝雨後風輕入望涼山容洗淨新粧出謂君所居菽莊

如我疎庸合退藏鷗鄉水漲憂隱長敝居邵伯水鄉也今秋風雨連旬湖水汎濫居民時有決堤之慮日來水退咸慶更生湖樓卅六秋無色雨後風輕入望涼三十六湖樓在露筋祠內

休寧 黃作楷 壽人

雨後風輕入望涼青排雙闥愛山光夢回無限低徊意一片詩情付夕陽

平臺小立暮煙蒼雨後風輕入望涼夢裏尋詩姬代記推醒姬人代記詩見隨園醒來應帶枕痕香

詩成草草愛眞率斗室披吟閒抱膝雨後風輕入望涼雙峰塔影林間出

收拾良弓好退藏山林養晦興彌長眼前眞景當珍惜雨後風
輕入望京

仝　上

雨後風輕入望凉及時珍重好年光老來隨處都行樂不愛朝
曦愛夕陽
升沈不必問穹蒼雨後風輕入望凉須得司農神妙句披吟我
欲爇名香
幽人胸次慣坦率奇句飛來吟促膝雨後風輕入望凉思如泉
湧齊爭出
宇宙眞機無盡藏詩懷草草引情長夢中得句知神助雨後風

輕入望涼

休寧　汪韻琴　十四齡女士

雨後風輕入望涼一年最好是秋光閒來好向磯頭坐料理絲緡釣夕陽

靑山遠眺色蒼匕雨後風輕入望涼睡起捲簾閒小步吹來一陣野花香

詩成夢裏何嫌率醒後長吟聊抱膝雨後風輕入望涼俯看腳底淸泉出

四十四橋曲徑藏虹腰依渚印波長隨時鼓盪淸狂興雨後風輕入望涼

惠安 莊棣蔭 貽華

雨後風輕入望涼天留海島隱鴻光早臺獨立傳佳句一樣詩名鮑夕陽

江干雲木鬱青蒼雨後風輕入望涼十二洞天秋一色獨吟人坐萬花香

小園涉趣畬容膝葛帔芒鞋殊坦率雨後風輕入望涼荷塘睦影鰤魚出

買得青山好退藏石梁橫跨海波長抱瑟坐聽流泉響雨後風輕入望涼

前人

雨後風輕入望涼澄波如鏡漾清光披裘五月垂綸者不識人
間有豔陽
留題石上掃苔蒼[illegible]雨後[illegible]風輕入望涼吟榻坐忝禪悅味髩絲愁
裊一爐香
徵詩海內動牽衷[illegible]人來促談衷[illegible]雨後風輕入望涼遠山缺
處殘霞出
入岫閒雲耐卷藏評花量竹興俱長雙峰拄笏迎朝爽雨後風
輕入望涼

同文書庫·厦門文獻系列

第一輯

壹 小蘭雪堂詩集
貳 固哉叟詩集 寄傲山房詩鈔
叁 紅蘭館詩鈔
肆 寄傲山館詞稿 壺天吟
伍 林菽莊先生詩稿
陸 夢梅花館詩鈔
柒 寶瓠齋襍稿（外三種）
捌 甲子雜詩合刊 菲島雜詩 海外集
玖 稚華詩稿
拾 同聲集

第二輯

壹 賦月山房尺牘
貳 禾山詩鈔
叁 揮麈拾遺
肆 頑石山房筆記 紫燕金魚室筆記
伍 臥雲樓筆記
陸 止園詩集 鐵菴詩存
柒 陳丹初先生遺稿（外一種）
捌 繡鐵盦叢集 繡鐵盦聯話
玖 二菴手札
拾 虛白樓詩

同文書庫·厦門文獻系列

第三輯

壹　椽筆樓初集
貳　吳瑞甫家書（外一種）
叁　菽園贅談
肆　臥雲樓雜著
伍　曠劫集
陸　紅葉草堂筆記　感舊錄
柒　松柏長青館詩
捌　海天吟社詩存　鷺江乙組梅社吟草
玖　菽莊叢刻（外二種）
拾　近代七言絕句初續集